LES CENDRES DE SALEM

BUFFY CONTRE LES VAMPIRES
AU FLEUVE NOIR

1. *La Moisson*
   Richie Tankersley Cusick
2. *La Pluie d'Halloween*
   Christopher Golden et Nancy Holder
3. *La Lune des coyotes*
   John Vornholt
4. *Répétition mortelle*
   Arthur Byron Cover
5. *La Piste des guerriers*
   Christopher Golden et Nancy Holder
6. *Les Chroniques d'Angel I*
   Nancy Holder
7. *Les Chroniques d'Angel II*
   Richie Tankersley
8. *La Chasse sauvage*
   Christopher Golden et Nancy Holder
9. *Les Métamorphoses d'Alex I*
   Keith R.A. DeCandido
10. *Retour au chaos*
    Craig Shaw Gardner
11. *Danse de mort*
    Laura Anne Gilman et Josepha Sherman
12. *Les Chroniques d'Angel III*
    Nancy Holder
13. *Loin de Sunnydale*
    Christopher Golden et Nancy Holder
14. *Le Royaume du mal*
    Christopher Golden et Nancy Holder
15. *Les Fils de l'Entropie*
    Christopher Golden et Nancy Holder
16. *Sélection par le vide*
    Mel Odom
17. *Le Miroir des ténèbres*
    Diana G. Gallagher

18. *Pouvoir de persuasion*
    Elizabeth Massie
19. *Les Fautes du père*
    Christopher Golden
20. *Les Sirènes démoniaques*
    Laura Anne Gilman et Josepha Sherman
21. *La Résurrection de Ravana*
    Ray Garton
22. *Ici vivent les monstres*
    Cameron Dockey
23. *Les Cendres de Salem*
    Diana G. Gallagher
24. *Ce mal que font les hommes* (décembre 2001)
    Nancy Holder

DIANA G. GALLAGHER

LES CENDRES
DE SALEM

D'après la série télévisée créée par Joss Whedon

FLEUVE NOIR

Titre original :
Prime Evil

Traduit de l'américain par
Patricia Delcourt

Collection dirigée par
Patrice Duvic

Le Code de la propriété intellectuelle n'autorisant, aux termes de l'article
L. 122-5, 2 et 3 a), d'une part, que « les copies ou reproductions strictement
réservées à l'usage privé du copiste et non destinées à une utilisation collective » et, d'autre part, que les analyses et les courtes citations dans un but
d'exemple ou d'illustration, « toute représentation ou reproduction intégrale
ou partielle, faite sans le consentement de l'auteur ou de ses ayants droit ou
ayants cause, est illicite » (art. L.122-4).
Cette représentation ou reproduction, par quelque procédé que ce soit,
constituerait donc une contrefaçon sanctionnée par les articles L.335-2 et
suivants du Code de la propriété intellectuelle.

ISBN : 2-265-07066-1

CHAPITRE PREMIER

Buffy fut brusquement ramenée à la réalité. Elle avait la gorge serrée et se sentait oppressée par une angoisse. Elle venait de se faire pincer et tous les yeux étaient braqués sur elle.

Comment aurait-elle pu se préparer à cette épreuve inattendue alors qu'elle devait faire face à tant d'autres choses ? Des attaques de vampires, des démons en proie à des fantasmes de toute-puissance universelle, son douloureux amour pour Angel, la guerre verbale entre Alex et Cordélia, le cycle de loup-garou d'Oz, un planning d'entraînement éreintant et des patrouilles toutes les nuits. Son quotidien était épuisant. Et il l'était d'autant plus maintenant qu'elle se montrait résolue à faire remonter sa moyenne générale. Rares étaient les nuits pendant lesquelles elle dormait plus de quatre heures et il lui était, de ce fait, difficile d'étudier – et plus difficile encore de se concentrer en classe, compte tenu du fait qu'elle trouvait souvent l'énergie pour survivre à ses devoirs de Tueuse en piquant quelques roupillons pendant la journée.

Et maintenant, ça !

Grande et mince, la nouvelle menace était une séduisante femme aux cheveux blonds élégamment coupés court et aux yeux noisette assassins.

Les espérances de Buffy d'avoir son bac s'amenuisaient à mesure que le regard fixe de Crystal Gordon s'appesantissait sur elle. La sensation d'étouffement s'étendit de sa gorge à sa poitrine, et son cœur fit un bond, comme s'il avait été ébranlé par une secousse électrique. Elle se rendait compte qu'elle présentait tous les symptômes d'une crise d'angoisse de première, et cela l'énervait plus encore que l'attitude hostile à l'origine de la crise.

Seulement, il n'y avait rien dans le manuel de la Tueuse concernant la manière de se sortir d'une situation délicate face à une figure d'autorité agressive qui détenait le pouvoir de lui donner son examen ou de la faire échouer. Monsieur Pointu était aussi utile en classe qu'une nouille molle contre un troupeau de morts vivants.

Buffy prit une longue inspiration, convaincue que la nouvelle prof d'histoire était une protégée du proviseur, M. Snyder, dont le regard glacial pouvait paralyser un élève à quinze mètres. Toutefois, si Snyder méprisait ouvertement tous les adolescents, l'animosité de Mlle Gordon s'était entièrement centrée sur Buffy. C'était en tout cas l'impression qu'elle donnait depuis son arrivée à Sunnydale High deux semaines auparavant.

— C'est quand vous voulez, mademoiselle Summers.

Mlle Gordon ne faisait aucun effort pour dissimuler son impatience et son agacement. Elle regarda sa montre et soupira.

Compatissant à la situation critique dans laquelle se trouvait Buffy, mais impuissante à l'aider, Willow fit une grimace. Alex examinait le plafond.

Anya leva la main pour répondre. Elle s'adaptait remarquablement bien pour une créature démoniaque qui s'était brusquement retrouvée prisonnière du corps et de la personnalité d'une adolescente. Bien qu'ayant perdu son immortalité et son pouvoir d'exaucer les vœux rancuniers des femmes plaquées, elle saisissait rapidement les méthodes de survie avérées des ados mortels – comme celle de chouchou du prof, par exemple.

L'enthousiasme d'Anya quémandait un sourire chaleureux de la part de Mlle Gordon, mais la jeune femme glaciale n'était pas disposée à laisser Buffy s'en tirer comme ça. Arquant un sourcil parfaitement épilé, la prof gratifia la Tueuse d'un autre regard de défi méprisant.

Buffy se redressa et toussa pour s'éclaircir la gorge.

— C'était quoi, la question ?

— L'article dix-neuf, répondit Mlle Gordon, impassible.

— Donna le droit de vote aux femmes. 1920.

Buffy remercia silencieusement les forces du destin qui l'avaient poussée à lire le cours sur la Constitution des Etats-Unis à trois heures du matin avant de s'endormir.

— Oui. Tout à fait.

Mlle Gordon dévisagea durement Buffy pendant quelques instants puis détourna brusquement le regard.

Buffy savait que sa réponse était juste. Ce qu'elle ignorait c'était la raison pour laquelle la jeune femme l'avait immédiatement prise en grippe. Mais elle s'en doutait.

C'était signé Snyder.

Le proviseur avait engagé Mlle Gordon pour remplacer Dan Coltrane, le professeur d'histoire qui avait été tué par le dieu Aztèque Tezcatlipoca réincarné en jaguar. Snyder avait manifestement averti sa nouvelle recrue du cas Buffy Summers, élément perturbateur notoire qu'il avait renvoyée puis réadmise, contraint et forcé. De plus, en dépit de son désir sincère de faire des progrès, Buffy avait manqué plusieurs cours et obtenu tout juste la moyenne au dernier contrôle. Son inattention habituelle et quelques devoirs rendus en retard avaient complété le tableau douteux que Snyder avait dû dresser à la nouvelle enseignante.

Mlle Gordon s'arrêta face à la classe. Superbe dans un tailleur moulant vert, qui épousait délicatement ses courbes féminines, elle dégageait une assurance pleine d'autorité qui tuait dans l'œuf toute velléité de rébellion. A l'exception peut-être d'Alex – qui avait une fâcheuse tendance à réfléchir après avoir parlé – personne ne songeait un instant à perturber le cours. Quand elle commençait à parler, elle obtenait l'attention muette de chacun.

— Le dix-neuvième amendement fut l'affirmation légale la plus importante des droits de la femme dans le monde depuis le dix-septième siècle, quand l'Irlande fut rattachée au Royaume-Uni et fut forcée d'abandonner les Lois du Brehons et d'adopter le système judiciaire anglais dominé par les hommes.

— C'était quoi, les Lois du Brehons ? demanda Michael Czajak.

— Excellente question, Michael, dit Mlle Gordon. (Elle le gratifia d'un regard approbateur qui fit rougir le jeune homme.)

Buffy écoutait et observait attentivement, mais pas parce qu'elle était inspirée par le discours passionné de Crystal Gordon. Elle avait déjà eu affaire à des enseignants hostiles dans le passé, mais aucun d'entre eux n'était jamais parvenu à la transformer en une boule fébrile de nerfs à vifs.

— Les Lois du Brehons étaient uniques pour bien des raisons, poursuivit Mlle Gordon. L'une d'elles étant le droit des femmes à être propriétaires et à divorcer de maris qui les humiliaient, leur mentaient ou les déshonoraient d'une façon ou d'une autre.

— Et depuis quand c'est au programme de casser les hommes ? (Oublieux du danger qu'il courait de s'attirer une remarque cinglante, Alex s'emporta d'un ton indigné avant de jeter un coup d'œil à Anya.) C'est pas étonnant qu'elle t'aime bien.

— C'était le bon vieux temps, rétorqua Anya avec un sourire méprisant.

Cet échange de piques ne déclencha pas les mesures disciplinaires prévues par Buffy. Au lieu de cela, les yeux de Mlle Gordon prirent la même expression nostalgique que ceux d'Anya, donnant l'impression qu'elle partageait le regret du passé que la jeune fille éprouvait. Sauf qu'Anya était sur terre depuis plus de mille ans et qu'elle avait probablement vécu dans l'Irlande de jadis à une époque ou à une autre. Ce qui n'était pas le cas de Mlle Gordon, à moins qu'elle ne soit âgée de plusieurs siècles de plus qu'elle n'en paraissait.

Toutefois, puisque le radar de Tueuse de Buffy n'enregistrait rien de surnaturel, elle en conclut que Crystal Gordon était humaine et fantasmait simplement sur des époques et des événements qu'elle n'avait pas vécus. Pourtant, son sentiment de malaise ne se dissipait pas. L'Histoire regorgeait d'horreurs indicibles, conçues et perpétuées par des démons qui étaient complètement humains à l'origine.

— Alors, la femme était l'égale de l'homme à cette époque-là ? demanda Willow. En Irlande, en tout cas.

— Presque, mais pas tout à fait. Ce n'est qu'avec les Droits Civils de 1964 que…

Interrompue par la cloche, la jeune femme s'inclina devant l'irrépressible débandade des élèves obsédés par l'idée de manger et libérés de l'ennui des cours par la pause de midi.

Tout en remballant ses affaires, Buffy se pencha vers Willow :

— Ce cours ne t'a pas semblé plus long que d'habitude ?

— L'heure avant le déjeuner paraît toujours plus longue, dit Alex qui surgit à leurs côtés.

— Surtout quand on meurt de faim, ajouta Willow. Ce qui est mon cas.

— J'ai pas faim, mais je ne suis pas mécontente de faire un break, dit Buffy.

— Je suis libre, annonça Anya en s'immisçant entre Alex et la table de Willow.

— N'étant pas intéressé, dit Alex en plissant le nez, je décline tes avances.

— Je voulais dire pour le déjeuner, s'écroula Anya d'un ton découragé. J'ai horreur de manger toute seule à la cafétéria. Tout le monde me regarde comme si j'étais un monstre.

— C'est ce que tu es. Etais, se corrigea Alex.

— Non pas qu'on t'en veuille, Anya, se hâta de dire Willow. C'est juste que, après nous avoir presque, enfin, condamnés à un Sunnydale infesté de vampires…

— Y compris le tien, dit Alex d'un ton plein de sous-entendus.

— Oui. (Willow frissonna. Elle avait eu le véritable désagrément de rencontrer son moi vampire quand Anya, espérant récupérer le médaillon magique qu'elle avait perdu, l'avait poussée à jeter un sort qui tourna mal et attira Willow la vampire de l'Autre Sunnydale. Fort heureusement pour tous, son double démoniaque retourna dans sa dimension alternative et Anya ne retrouva pas son puissant talisman, perdant ainsi la source de son pouvoir et son immortalité.) Et donc, ce n'est pas évident de te pardonner et d'oublier comme ça.

— C'était le vœu de Cordélia, pas le mien, répondit

Anya en haussant timidement les épaules. Si je pouvais revenir en arrière et l'effacer, je le ferais.

— Mais crois-moi, ajouta Alex d'un ton solennel, la moitié mâle de l'espèce est *vraiment* ravie que ça ne soit pas possible.

Buffy aussi avait des doutes sur Anya, mais la Sainte Patronne des Femmes Bafouées avait vu, entendu et fait beaucoup de choses au cours des mille dernières années, dont certaines pourraient s'avérer utiles. De plus, elle savait ce que c'était que d'être différente et exclue pour cause de bizarrerie, et elle éprouvait de ce fait une certaine empathie avec la créature transmuée. Ils se rangèrent derrière la horde d'élèves qui se bousculaient pour sortir de la classe et elle fit signe à Anya de les suivre.

Alex chuchota à l'oreille de Buffy :

— Pourquoi ai-je l'impression que je vais le regretter ?

— Je ne sais pas, lui répondit Buffy à voix basse, amusée.

C'était un mensonge. Bien qu'Alex ne l'ait pas remarqué ou bien qu'il refuse de le faire, il n'avait échappé à personne qu'Anya manifestait un intérêt croissant à son égard.

— Excusez-moi…

Buffy s'arrêta tandis que Rébecca Sullivan s'immisçait dans la queue en jouant des coudes.

Alex se cogna dans Buffy et grommela :

— Il y en a qui se croient vraiment tout permis.

Rébecca jeta un rapide coup d'œil derrière elle, la voix étouffée par un sanglot :

— Désolée, mais je…

Petite, elle avait des cheveux longs et bruns et un visage rond avec des taches de rousseur. Elle ajusta nerveusement ses lunettes.

— Laisse tomber, Rébecca, dit Alex qui haussa les épaules en signe d'excuse. C'est pas grave.

Rébecca esquissa un sourire, poussa un profond soupir et se mit à pleurer.

— Qu'est-ce qu'il y a ? demanda Buffy qui, depuis trois ans qu'elle était élève au lycée de Sunnydale, avait à peine adressé la parole à la timide élève.

— Rien. J'ai juste…

Rébecca jetait des regards furtifs en direction du coin de la classe où Kari Stark et Michael discutaient avec Mlle Gordon.

Il n'y avait rien d'inhabituel ou de sinistre chez ce petit groupe en pleine discussion et pourtant, en les regardant, l'appréhension de Buffy s'intensifia. Pourtant, Michael – qui pratiquait la sorcellerie et arborait un épais maquillage pour se démarquer du reste des ados – et Kari – une jeune fille quelconque mais sympa et sans connections occultes à la connaissance de Buffy – ne se sentaient *pas* mal à l'aise. Ils hochèrent la tête en réponse à quelque chose que leur dit Mlle Gordon, puis ils lui firent un signe de la main et se dirigèrent vers la porte. Le regard chaleureux de la prof devint dur quand elle les regarda sortir de la classe.

Buffy fut parcourue d'un frisson, troublée par la malveillance manifeste du changement de comportement de la jeune femme. Mais peut-être voyait-elle le mal partout.

— Kari ! s'écria Rébecca.

Kari jeta un regard irrité par-dessus son épaule, leva les yeux au ciel, puis elle saisit le bras de Michael et s'engagea dans le couloir.

Blessée d'être ainsi humiliée devant tout le monde, Rébecca quitta la classe en trombe et s'enfuit dans la direction opposée.

— C'était quoi, l'histoire ? demanda Anya.

— La leçon *Etre un humain* du jour, répondit Alex sèchement. Ne jamais larguer sa meilleure amie depuis le CM1 pour un mec.

— Kari et Michael ? (Willow fronça les sourcils, puis soupira.) Je suppose que cela va de soi. Si on pense à ce qui est arrivé à Amy. Je veux dire, Michael et elle étaient assez proches, mais…

— Les rongeurs avec des queues sans poils ne sont pas franchement excitants, dit Alex.

Buffy donna quelques détails à Anya :

— Amy Madison s'est transformée en rat pour ne pas mourir sur le bûcher. Mais Willow s'occupe bien d'elle.

— Seulement jusqu'à ce que j'aie trouvé le moyen de lui faire retrouver son apparence humaine, compléta Willow. Ce qui n'est pas aussi facile que je…

— Willow ! (Mlle Gordon apparut dans l'encadrement de la porte.) J'aimerais te voir un instant, s'il te plaît.

— Euh… Oui. (Willow hésita, visiblement perplexe.)

— Attends… (Soudain inquiète en voyant le regard de la prof, Buffy s'avança quand Willow entra dans la classe. Elle s'arrêta tout aussi brusquement, son regard affolé allant des yeux bleus interrogateurs de son amie à ceux noisette et curieux de Mlle Gordon.) Peu importe. Ce n'est… rien.

Non, ce n'était pas rien, se dit la Tueuse en regardant le professeur fermer la porte en souriant. Elle ne savait vraiment pas pourquoi elle avait été submergée par une autre vague de terreur.

Ni pourquoi elle avait envie de prendre ses jambes à son cou.

— On va à la cafèt' ou pas ?

Anya perdit patience trente secondes après le début de l'entretien impromptu de Willow avec Mlle Gordon.

— Dès que Willow aura fini, répondit Alex sans regarder Anya.

Il était perturbé par le regard vide de Buffy et la dévisageait, attendant qu'elle fasse ou dise quelque chose. Les chances de survivre à Sunnydale s'écrouleraient sérieusement si la Tueuse perdait la boule. Il se pencha vers elle – en essayant d'ignorer les effluves subtils de shampooing qui affolaient ses hormones mâles en manque :

— Alex à Buffy…

— Hein ? (Buffy cligna des yeux et se retourna en le fixant d'un air absent.) Quoi ?

— Eh bien, soit tu es en pleine méditation zen, soit il y a un truc qui ne va pas, dit Alex d'une voix pressante. J'opterais plutôt pour la seconde solution.

— Je suis juste fatiguée. (Le pâle sourire de Buffy accentuait l'inquiétude qui se lisait dans ses yeux.) Celui qui a décrété que les Tueuses devaient trimer tard dans la nuit pour pulvériser des vampires n'a pas pris en compte les contraintes de la vie moderne. Comme les devoirs à faire, passer le bac, entrer à la fac, sans parler d'un petit copain de temps en temps, ce que je n'ai pas… souvent. Quoi qu'il en soit, il n'y a qu'un nombre limité d'heures par nuit et je n'en passe pas assez à dormir.

— C'est vrai. (Prenant le parti d'être soulagé, Alex approuva d'un signe de tête. Même si elle avait une force et des réflexes accrus, il se demandait souvent comment Buffy parvenait à ne pas souffrir du contrecoup usant du manque de sommeil.) Mais, un conseil, Buff : ne refais *plus* ta sieste du matin pendant le cours de la Femme de Glace.

— La Femme de Glace ? (Anya le regarda d'un œil désapprobateur.) C'est de Mlle Gordon dont tu parles ?

16

— Oui. (Alex simula un frisson exagéré.) Si le regard pouvait congeler, Buffy serait un glaçon.

L'expression de Buffy se rembrunit à nouveau, et Alex regretta immédiatement sa remarque. Le sort du monde pesait sur les épaules de la Tueuse, et c'était une responsabilité qu'elle acceptait et qu'elle gérait en dépit de la scandaleuse invraisemblance de la situation – et sans la moindre gratitude de la part des élèves ni du corps enseignant, puisque personne n'était au courant des sacrifices qu'elle faisait pour la sécurité de Sunnydale. Et Crystal Gordon n'échappait pas à la règle. Il était dommage que la sévère nouvelle enseignante l'ait humiliée et se soit servie d'elle comme exemple pour le reste de la classe. Buffy se serait bien passée de cette remarque pas très délicate.

— Eh bien, moi je l'aime bien, dit Anya sur la défensive. M. Coltrane ne connaissait même pas mon nom. Crystal m'a proposé de m'aider à régler mes problèmes.

— Crystal ? (Alex manifesta sa surprise en fronçant exagérément les sourcils.) Alors, comme ça, t'appelles la prof par son prénom ?

— Et alors ? C'est une femme forte et indépendante qui gère sa vie toute seule. C'est un modèle féminin idéal, non ?

Anya chercha du regard un soutien chez Buffy, ce qui prouvait une fois de plus qu'elle ne saisissait pas encore les subtilités des blessures adolescentes.

— C'est à moi que tu demandes ça ? demanda Buffy, incrédule. A la victime du jour d'une bonne femme qui foutrait les pétoches à Dracula ?

— Qui foutrait les pétoches à Dracula ?

Oz débarqua d'un pas nonchalant, avec sa dégaine bizarre et décontractée, affublé d'un jean délavé, d'une chemise écossaise et de cheveux blond platine en

17

brosse. Il avait un look que seuls les musiciens peuvent se permettre sans craindre d'être la risée des élèves à la pointe de la mode.

— Attention les yeux !

Alex recula soudain, protégeant de la main ses yeux d'une imaginaire lumière aveuglante émanant des cheveux couleur de néon d'Oz.

— Crystal Gordon. (Anya tendit une main hésitante pour toucher les pointes couvertes de gel sur la tête d'Oz, puis la retira en faisant la grimace.) Sauf qu'elle ne fout pas les pétoches.

Alex prit mentalement note du fait que les cheveux poisseux étaient un moyen efficace de repousser Anya.

— Et Crystal Gordon est… ? demanda Oz.

— Est quoi ? (Willow réapparut dans le hall. Son visage s'illumina lorsqu'elle vit Oz.) Hé ! Cool tes cheveux !

— Eblouissant même, lâcha Alex.

— Ouais. (Oz fit un clin d'œil à Willow.) Ça jure avec tout sauf avec tes yeux.

— T'es trop mignon, dit Willow en rougissant.

— Alors Willow, qu'est-ce qu'elle te voulait, la vierge de glace ? demanda Alex.

— Mlle Gordon ? Elle voulait simplement me parler d'un livre sur les Lois du Brehons, répondit Willow en haussant les épaules. Au cas où je serais aussi intéressée par le sujet que j'en ai eu l'air en cours. A vrai dire, ça ne me branche pas plus que ça, mais j'ai trouvé que c'était, euh… un geste très attentionné. En fait, elle est plutôt sympa.

— Avec ceux qui ont un QI supérieur à 140…, commença Alex, tandis que Buffy attrapait Willow par le bras.

Un peu trop brusquement, remarqua Alex mal à l'aise. Il ne possédait pas la faculté de la Tueuse de sentir l'approche du mal, mais son système d'alarme interne humain sauta de « tout va bien » à « alerte majeure » en un dixième de seconde.

— Marchons un peu, décréta Buffy qui s'engagea dans le couloir en entraînant Willow.

Alex allongea le pas et vint se placer à la droite de Buffy, laissant Oz et Anya derrière lui, ce qui présentait deux avantages certains : mettre de la distance entre lui et l'antique créature assoiffée d'amour qui le suivait partout, et pouvoir prêter l'oreille à la conversation de Buffy et Willow.

— Je sais bien que ça ne me regarde pas, Willow, mais… (Buffy se renfrogna) … tu aimes vraiment bien Mlle Gordon ?

— Si je l'aime bien ? (Willow hésita.) Non, peut-être pas, mais elle a été sympa. Avec moi.

— Comment ça, sympa ? demanda vivement Buffy.

— Elle m'a juste proposé de me prêter ce livre. (L'expression de Willow passa de la confusion à l'irritation, puis à l'inquiétude.) Qu'est-ce qu'il y a, Buffy ? Je te trouve, euh… un peu tendue. Très tendue, même…

— Ça fait un peu interrogatoire, tes questions, Buff, intervint soudain Alex.

Buffy tressaillit, son expression accablée en disant bien davantage que des mots.

— Non, c'est… Désolée, Will. Je ne voulais pas t'embêter. Laisse tomber, d'accord ? dit-elle en se refermant instantanément comme une huître.

Willow jeta un regard désarmé à Alex dans le dos de Buffy. Celui-ci, dont l'anxiété croissait, répondit d'un haussement d'épaules impuissant. Il leur arrivait à tous d'être un peu grincheux de temps à autre. N'était-ce pas normal quand on avait la Bouche de l'Enfer comme passe-temps ? Mais cela ne ressemblait pas à Buffy de reporter ses contrariétés sur ses amis. Pas sans une excellente raison.

— Ecoutez, je vais zapper le déjeuner, annonça Buffy quand ils arrivèrent devant la cafétéria.

— Tu veux qu'on parle ? demanda Alex. De ce qui te prend la tête, je veux dire.

— Non, Alex. Pas maintenant. (Buffy haussa les épaules.) Peut-être plus tard. Quand j'en aurai parlé à Giles.

— Giles ! (Willow serra les dents, ferma les yeux et remonta légèrement les épaules, signe incontestable qu'elle avait omis de faire quelque chose d'important.) J'ai oublié de lui dire que j'avais fini de programmer la base de données hier soir.

— Celle pour répertorier des centaines d'années d'infos sur les Tueuses ? demanda Oz

— Ouais. (Willow soupira.) Cela fait des jours qu'il me tanne avec ça, comme si, moi, je n'avais pas de vie ou… rien d'autre à faire.

— Je le dirai à Giles, Willow. (Buffy esquissa un pauvre semblant de sourire.) A plus.

Une dizaine d'explications au comportement étrange de Buffy traversa l'esprit d'Alex tandis qu'elle s'éloignait. Aucune d'elles ne lui inspirait un retour en fanfare.

Giles se cala dans son fauteuil et enleva ses lunettes pour frotter ses yeux fatigués. La tranquillité de l'heure du déjeuner lui faisait une précieuse coupure entre les incessantes allées et venues des élèves qui avaient récemment découvert que Sunnydale High avait une bibliothèque. Il espérait de tout cœur que cet intérêt soudain n'était qu'une lubie passagère et que les élèves retourneraient à la bibliothèque municipale le plus tôt possible. Il reconnaissait à n'importe quel élève le droit d'élargir ses horizons scolaires, mais la bibliothèque du lycée manquait cruellement d'ouvrages de référence acceptables. De plus, la présence de toute personne extérieure à la bande de Buffy apparaissait fort gênante quand ils étaient mêlés à une crise démoniaque – ce qui, la plupart du temps, était le cas.

Il se leva pour se faire une tasse de thé. La routine d'élimination des vampires était leur seule activité du moment. Cela lui laissait le temps de passer au peigne fin les obscures *Chroniques de l'Observateur* dédaignées par le Conseil, qui leur avait préféré celles évoquant les Tueuses plus douées, audacieuses et réputées. Néanmoins, pendant qu'il travaillait, Buffy et compagnie en profitaient pour tirer au flanc.

Giles poussa un soupir en versant de l'eau dans sa tasse. Peut-être était-il trop dur avec eux ? A l'exception de Buffy, qui avait été désignée comme Tueuse et n'avait pas eu son mot à dire, Willow, Alex, Oz – et même Cordélia, dans un nombre surprenant de circonstances – étaient tous bénévoles. Ils méritaient bien des vacances pour se remettre des dangers qu'ils couraient à lutter contre les forces du mal résolues à détruire le monde. Il fallait être franchement insensible pour s'attendre à ce qu'ils passent leur temps libre attelés à la tâche fastidieuse consistant à recueillir des renseignements dans des vieux textes ennuyeux. Et pourtant, un jour ou l'autre, leurs vies pourraient bien dépendre de leur rapidité à avoir accès à des informations vitales.

Au rythme où allaient les choses, le projet ne serait pas achevé avant le siècle suivant, ce qui compromettait l'objectif même de l'entreprise, à savoir aider Buffy. Il ne pouvait même pas envisager d'engager un opérateur de saisie quand Willow aurait fini de mettre le programme informatique sur pied.

— Comment pourrais-je lui expliquer le principe et le contenu des données ? dit-il à voix haute.

— Comme vous expliqueriez le fait que vous parlez tout seul ! déclara Buffy à l'entrée du bureau.

Surpris, Giles fit un bond et se renversa du thé bouillant sur la main.

— Buffy ! J'apprécierais vraiment beaucoup que tu n'arrives pas ainsi à pas de loup. C'est assez… perturbant.

— Désolée. (Buffy s'affala sur la chaise de l'autre côté de son bureau et laissa tomber ses livres sur le sol.)

— Oui, bon… (Giles posa sa tasse et s'essuya la main avec un mouchoir.) Tu n'es sans doute pas passée pour m'aider dans la lecture des *Chroniques de l'Observateur* ?

— Non, mais Willow a fini de programmer la base de données.

— Ah bon ? (Il hocha la tête). Bien.

— Mais mon… problème est lié. Aux *Chroniques de l'Observateur*. Peut-être.

Buffy soupira en ruminant, les sourcils froncés.

— Ah oui ? (Son ton s'adoucit lorsqu'il réalisa qu'elle était vraiment perturbée.) De quel problème s'agit-il ?

— Combien de Tueuses ont pété un câble ?

CHAPITRE II

— Pété quoi ?

Cela ne fit pas rire Buffy. La question de Giles n'était pas posée « à la Alex », dans le but d'être mignon et drôle à la fois. Le très britannique bibliothécaire ne comprenait vraiment pas ce qu'elle voulait dire, et cela ne lui facilitait pas la tâche pour aborder la question. Il n'était décidément pas facile de communiquer avec des adultes sur des sujets personnels *sans* avoir à traduire.

— Un câble ! (Buffy exécuta un mouvement circulaire autour de son oreille, ce qui eut pour effet de rendre Giles encore plus perplexe.) Péter les plombs, déjanter, devenir ouf… folle, quoi ! Genre dépression nerveuse !

— Ah. Je vois, oui.

Fronçant toujours les sourcils, il hésitait.

— Si les plis de votre front continuent à se creuser, on va pouvoir planter les graines de printemps plus tôt que prévu.

Malgré son agitation intérieure, Buffy sourit. Giles était charmant quand il était complètement largué, l'air guindé dans son costume en tweed, et les cheveux légèrement ébouriffés.

— Le sujet ne prête pas vraiment à la légèreté. (Giles chaussa ses lunettes et s'assit. Son port empesé s'était rigidifié ; il parlait avec circonspection.) Pourquoi poses-tu cette question ?

— Répondez-moi d'abord. Ensuite je vous expliquerai. (Buffy le regardait droit dans les yeux.) Alors, combien ?

— Eh bien, euh… A vrai dire, je n'en suis pas tout à fait sûr. (Giles haussa les épaules, mouvement désinvolte cherchant à minimiser l'impact de sa réponse.) Quelques-unes… par-ci, par-là, au cours des siècles.

— Mais ça arrive.

— Oui. Mais pas souvent… tout compte fait.

— Tout compte fait. Sachant qu'elles mettent leur vie en danger toutes les nuits pour sauver le monde et l'humanité. Sauf que, comme personne ne sait ce qu'elles font, on attend d'elles la même chose que de toutes les filles. (Buffy ne s'arrêta pas pour reprendre son souffle ou pour donner à Giles la possibilité de lui répondre. Elle déversait son stress sous forme de colère dans un torrent de paroles enflammées.) Et le tout fait peut-être un peu beaucoup, selon les siècles et compte tenu du nombre de démons ayant décidé de mettre la barre de plus en plus haut pour régner sur un univers du Mal, ce qui nécessite en général l'annihilation totale des gentils. Ça vous va comme résumé ?

— Plus ou moins, répondit calmement Giles. Il y a, bien entendu, de nombreuses variantes.

— Bien entendu ! (La fureur de Buffy retomba quand elle réalisa qu'elle criait.) Vous voyez bien ?

— Buffy, ne crois-tu pas que…

— Que je fais une dépression nerveuse ? Oh nooon. (Elle écarta cette hypothèse d'un geste et se leva d'un bond.) Je sais très bien que oui. Je viens de cuisiner Willow sur Mlle Gordon parce que je ne voulais pas y croire et que j'avais besoin de m'en prendre à quelqu'un, et là je suis en train de vous crier dessus ! Et je n'arrive pas à m'arrêter de débiter des…

— Crystal Gordon ? Le nouveau professeur d'histoire ? (Giles se cala dans son fauteuil, manifestement surpris.) Que vient-elle faire là-dedans ?

— Je, euh… (Buffy baissa les yeux et soupira. C'était plus dur qu'elle ne l'aurait cru. En dehors du fait qu'il était, l'air de rien, fier d'être l'Observateur d'une Tueuse qui venait à bout de ses démons, Giles s'intéressait vraiment à elle. Lui raconter qu'elle craquait sans raison apparente était aussi difficile que d'avouer à sa mère qu'elle avait couché avec Angel.) J'ai… eu une crise d'angoisse pendant son cours.

— Raconte-moi. (Impassible, Giles ne laissait rien transparaître de ce qu'il ressentait.) Comment décrirais-tu cette… crise ?

— Je dirais genre paquet de nerfs normal. (Buffy croisa les bras et se mit à faire les cent pas.) La gorge serrée, le cœur qui cogne, la respiration coupée…

— Ce sont effectivement des symptômes physiques associés à une attaque de panique. Mais… qu'est-ce qui a déclenché cette panique ?

Buffy reprit lentement son explication, agacée de se répéter :

— J'avais l'impression qu'on m'étranglait, je n'arrivais plus à respirer et mon cœur battait à tout rompre.

— D'accord, mais ce que je veux savoir, c'est ce qui s'est passé *avant* les manifestations physiques, répéta Giles patiemment.

— Je sais, mais… (Malgré la fatigue et l'inquiétude qui brouillaient ses pensées, Buffy réalisa soudain ce qui s'était passé et s'affala dans le fauteuil.) Je n'étais pas paniquée, Giles. Pas avant de commencer à me dire que j'avais une crise d'angoisse.

— Tu en es certaine ?

— Absolument.

— Il est donc tout à fait possible que ce ne soit pas l'angoisse qui ait provoqué ces réactions physiques.

— Quoi alors ?

Giles ne répondit pas. Il était soudain plongé dans une réflexion intense, une main sur la bouche et l'autre tapotant le bord de sa tasse, les yeux fixés sur une pile de vieux papiers.

Buffy attendait, éprouvant un mélange de soulagement, de confusion et d'inquiétude et regardant le visage impassible de Giles. Le fait de savoir que sa confiance ne s'était pas subitement effritée ne la réconfortait guère. Mais, si tel était le cas, alors quelque chose ou quelqu'un avait bouleversé sa stabilité affective, générant ainsi chez elle un état de panique qui, en d'autres circonstances, était susceptible de s'avérer fatal.

— Je crains fort d'être incapable de t'offrir une explication, Buffy. (Giles leva les yeux en souriant, essayant de la mettre à l'aise.) Mais je suis certain qu'il y en a une. Peut-être que si tu me racontais en détail ce qui s'est passé pendant le cours, cela pourrait nous mettre sur la voie.

Giles laissa Buffy lui décrire le déroulement du cours d'histoire sans l'interrompre. Elle n'omit rien, pas même le fait que, au lieu d'être attentive, elle s'était abandonnée à une sorte de torpeur éveillée qui lui tenait lieu de sommeil. Giles connaissait plus que quiconque les épreuves et les pressions que subissaient les Tueuses, et qui en avaient visiblement rendu quelques-unes folles. Cela suffisait en soi pour qu'elle passe un sale moment de temps à autre. Mais les autres avaient-elles été poussées dans l'abîme de la folie par quelque mal trop effroyable à affronter ? Ou était-ce un incident en apparence insignifiant qui les avait fait basculer ? Buffy avait bien l'intention de le découvrir, une fois que Giles et elle auraient élucidé la cause de son malaise. A part mourir – ou devenir une morte vivante –, devenir barjo était la pire chose qui pouvait lui arriver. Ce n'était pas du tout ce qu'elle avait envie de laisser à sa postérité de Tueuse.

— Donc, tu dis t'être sentie mieux quand elle a détourné le regard ?

— Oui, dans la mesure où il est possible de se sentir mieux quand tout le monde attendait que je me plante. Mais j'ai recommencé à respirer, si c'est ce que vous voulez dire.

— Oui, c'est cela. (Giles avala une gorgée de thé froid et fit la grimace.) Et ce pressentiment dont tu as parlé…

— Un pressentiment ? Plutôt une terreur à glacer le sang, oui.

— De la terreur, donc. Que tu as ressentie deux fois. La première fois quand tu as pris conscience que Mlle Gordon t'avait posé une question que tu n'avais pas entendue parce que tu rêvassais, puis quand Willow est retournée dans la classe.

Buffy acquiesça d'un signe de tête.

— Et à chaque fois, Mlle Gordon te regardait.

— Me foudroyait du regard, Giles. Elle peut pas me… (Buffy leva brusquement la tête.) Mlle Gordon m'a neutralisée en me regardant, c'est ça ?

Buffy s'était tellement habituée à l'hostilité que lui manifestait instinctivement l'enseignante depuis deux semaines qu'elle n'avait pas fait le rapprochement.

— C'est tout à fait possible. Nous avons déjà été confrontés à des situations… inhabituelles impliquant des professeurs.

— Inhabituelles, mortelles et vraiment atroces.

De méchantes petites bêtes se faisant passer pour des

profs ou œuvrant avec leur aide n'étaient pas une nouveauté à Sunnydale High. Nathalie French, professeur de biologie et mante religieuse aux pulsions sexuelles assassines, s'était quasiment emparée de la virginité d'Alex et de sa vie. Le professeur de sciences médicosociales, M. Whitmore, avait embarqué ses élèves dans la quatrième dimension en leur faisant adopter les œufs d'un bezoar vivant sous le lycée. Mais c'était pourtant l'entraîneur Carl Marin qui s'était révélé être le pire des monstres – bien qu'il soit humain. Exhorté par le proviseur Snyder à gagner le championnat d'Etat de natation après quinze années de défaites, l'entraîneur avait comploté avec l'infirmière Greenleigh et transformé les membres de son équipe en hommes-poissons.

Buffy n'avait rien « ressenti » de bizarre à leur sujet non plus, il n'était donc pas tiré par les cheveux d'envisager que Crystal Gordon puisse être différente de ce qu'elle semblait être. Toutefois, elle percevait indéniablement un « mais » silencieux pendant que Giles nettoyait soigneusement ses lunettes.

— Allez, Giles, crachez le morceau, le bouscula-t-elle.

— Bon. Eh bien, compte tenu de ce que tu m'as raconté, nous ne pouvons pas écarter la possibilité que, euh, Mlle Gordon t'ait par inadvertance, ou peut-être même délibérément…

— … pris la tête. Au sens propre ?

— Ou quelque chose dans ce goût-là. (Buffy grommela une grossièreté et Giles tressaillit.) Cela ne signifie pas que nous avons trouvé la solution, Buffy. C'est juste que c'est peut-être une piste qu'il nous faut envisager en attendant la suite des événements. En menant une enquête discrète sur le passé de Mlle Gordon, nous devrions en savoir davantage – dans un sens ou dans l'autre.

— C'est fou ce que ça me réconforte. (La peur lui nouait les entrailles, et la pointe d'ironie dans sa voix était involontaire.) En gros, ça veut dire que j'ai affaire soit à une créature diabolique inconnue capable de faire de moi une loque d'un simple regard, soit à une prof capable de faire de moi une loque d'un simple regard *et* de me coller un zéro en histoire.

— Buffy… (Giles se leva et contourna le bureau.) Cela a été plus dur pour toi que pour la plupart des Tueuses, surtout cette année.

— Ouais. La plupart des Tueuses ne tombent pas amoureuses d'un vampire. Elles n'utilisent pas leurs meilleurs amis comme renforts, et elles ne trouvent pas en rentrant chez elles un mort vivant languissant d'amour qui pleure sur l'épaule de leur mère.

— Et en plus, tu as les épreuves du bac à préparer.

— Giles ! (Buffy sourit.) Vous venez d'essayer de faire de l'humour ou quoi ?

— Oui. Ça marche assez bien à ce que je vois. Ce que je veux dire, c'est que tu as fait face à toutes les horreurs issues de la Bouche de l'Enfer et à tous les petits problèmes du quotidien avec un sang-froid et un courage remarquables. Une petite crise d'anxiété ne signifie pas que tu… as pété un câble.

— D'accord. Je vous crois. Pour le moment. (Toujours déroutée, mais d'une certaine façon soulagée par les propos de Giles, Buffy se détendit.) Il reste des beignets ? Je n'ai pas déjeuné.

Pendant que Willow installait la base de données sur l'ordinateur de la bibliothèque, Giles partit à la recherche de Crystal Gordon. Il la trouva dans la salle des profs, l'endroit idéal pour une discussion informelle et tranquille qui n'éveillerait pas ses soupçons. Il voulait seulement la rencontrer pour se faire une petite idée personnelle de la femme qui avait fait envisager à Buffy qu'elle perdait la tête.

Giles salua M. Moran d'un signe de la main en pénétrant dans ce havre de paix à l'écart de l'agitation des élèves. La jeune professeur d'histoire de Buffy était seule, assise sur un canapé et penchée sur un agenda. Jusque-là, il n'avait fait que la croiser. Ses vêtements moulants, sa coupe courte et stricte et son assurance donnaient une impression d'inflexible sévérité. Il fut surpris de constater qu'elle était plutôt séduisante et se demanda si derrière la façade rigide ne se cachait pas une personnalité plus douce.

Ou de la malveillance.

— M. Giles, je voulais vous demander… (M. Moran s'arrêta, en caressant sa barbe poivre et sel.) Y a-t-il un exemplaire de *La Conquête romaine* d'Howard à la bibliothèque ?

— Il me semble que oui. Voulez-vous que je vous le mette de côté ?

Du coin de l'œil, Giles vit Crystal Gordon lever les yeux.

— Oui, merci. Je passerai le prendre plus tard.

M. Moran sortit en coup de vent. Mlle Gordon sourit à Giles, et il lui rendit son sourire en se sentant un chouïa emprunté.

— Vous êtes britannique.

— Je ne peux rien vous cacher, répondit Giles. (Ravi de l'entrée en matière, il hocha la tête puis il jeta un regard ennuyé sur le comptoir où se trouvait la cafetière et le matériel pour le café.) Et comme d'habitude, il n'y a pas d'eau chaude pour le thé.

— Je n'ai pas vu de thé.

Giles sortit de sa poche un sac en plastique rempli de différentes sortes de sachets de thé parfumé :

— J'apporte mon propre thé, preuve que l'espérance reste bel et bien toujours vivace.

— Ah ! (Son sourire s'élargit et ses yeux sombres pétillèrent de façon inattendue.) J'aime les hommes qui ne renoncent pas. (Elle lui tendit la main.) Crystal Gordon. Histoire américaine.

— Euh, oui… Je sais. Rupert Giles. Bibliothécaire.

Elle avait une poignée de main énergique et un regard plein d'assurance. Giles commença à rougir, réaction qu'il n'avait pas eue depuis son attirance naissante et maladroite pour Jenny Calendar. Cette sensation de chaleur gênante s'intensifia, puis se calma lorsqu'il se retourna pour ouvrir le robinet. Il mit un sachet de thé dans un gobelet et le remplit d'eau passablement chaude.

— Puis-je me joindre à vous, mademoiselle Gordon ?

— Oui, bien sûr. Et appelez-moi Crystal, je vous prie. (Elle ferma son agenda tandis que Giles s'asseyait sur le canapé.) Cela fait longtemps que vous êtes aux Etats-Unis ?

— Environ trois ans. (Déconcerté par ses manières empressées et charmeuses, Giles ne savait pas vraiment comment s'y prendre. Il s'était attendu à un échange sec et pesant.) Et vous ?

— Je suis née ici.

— A Sunnydale ?

Il sursauta, faillit renverser son thé et la regarda curieusement. Elle rit.

— Non, aux Etats-Unis. Dans l'Ohio.

— Oui… bien sûr…

Parcouru par une autre vague de chaleur, Giles redressa ses lunettes et hocha la tête, troublé par sa réaction nerveuse.

— A Cleveland.

— Cleveland ? demanda Giles en clignant des yeux.

— Dans l'Ohio. C'est là que j'ai grandi, que je suis allée à l'école. (Elle se pencha vers lui, le regarda dans les yeux et baissa la voix comme si elle allait lui confier un secret.) J'ai fait mes études à l'université d'Etat de Columbus, puis je suis retournée chez moi enseigner dans un lycée du coin pendant cinq ans. (Elle tourna les yeux vers la fenêtre). La Californie, c'est comme un autre pays.

— Oui. Oui, c'est vrai. (Giles fronça les sourcils. Il avait la tête qui tournait. Se rappelant l'expérience de Buffy, il se dit qu'il ferait mieux d'éviter de regarder Mlle Gordon droit dans les yeux de manière prolongée.) Et tout particulièrement Sunnydale.

— Excusez-moi de dire cela, monsieur Giles, mais Sunnydale est… flippant. (Crystal rit à nouveau.) Pardonnez-moi, c'est le seul mot qui me soit venu à l'esprit.

— Le langage des adolescents peut être contagieux.

Il changea de position, mal à l'aise et perturbé par l'envie de discuter de la jeune femme. Elle paraissait l'appâter avec des renseignements qui l'aideraient à en savoir plus sur son passé. Coïncidence ou manipulation ? Et si manipulation il y avait, dans quel but ?

N'ayant plus rien à gagner en s'attardant, Giles entreprit de se lever.

— Il faut que je retourne à la bibliothèque. Si vous voulez bien m'exc…

— On m'a dit que vous étiez assez proche de Buffy Summers, monsieur Giles. (Elle fit une pause, puis répondit calmement à la surprise qui s'affichait sur le visage de Giles.) M. Snyder l'a évoqué.

— Et… ?

Pris entre deux feux, Giles se rassit et attendit qu'elle poursuive. La jeune femme le mettait mal à l'aise pour des raisons qu'il ne parvenait pas à définir. Toutefois, il ne pouvait pas laisser passer l'occasion de changer l'image qu'elle avait de Buffy.

Crystal soupira :

— J'ai du mal à l'admettre, mais j'ai bien peur de m'être laissé influencer par l'opinion que M. Snyder a de Buffy. Ce n'est pas une « *délinquante juvénile perturbatrice et destructrice sans aucun respect de l'autorité* ».

— Non.

— Ce sont ses paroles, pas les miennes. A vrai dire, Buffy est assez calme et semble essayer de faire des efforts. Elle n'est pas toujours attentive, mais cela ne justifie pas de la coller. Le problème, c'est que… j'ai été un peu dure avec elle.

— Eh bien, il est facile d'y remédier, non ?

Malgré l'aveu de Crystal, sa sincérité et ses mobiles étaient douteux, et Giles ne lui faisait pas confiance. Il entrait dans son jeu pour Buffy, afin de vérifier si Mlle Gordon était juste une enseignante qui malmenait les élèves.

— Oui, je suppose. (Elle sourit en serrant les lèvres.) Y a-t-il des problèmes chez elle ? Quoi que ce soit qui puisse justifier ses… difficultés ? J'ai aussi une licence de psychologie. Je pourrais peut-être l'aider.

Giles hésita, secoua la tête et lui fit un demi-mensonge :

— Juste les problèmes typiques liés aux préoccupations des adolescents : le bac, les dossiers pour les universités, les petits copains, être… *cool*. Bien que je n'aie toujours pas saisi ce que « être cool » signifie exactement.

— Cela me laisse quelque peu perplexe, moi aussi, dit Crystal. Alors, vous ne savez rien sur Buffy qui pourrait m'éclairer ?

— Rien d'extraordinaire, non. (Indépendamment de

ses réserves, Giles pensait que Crystal Gordon n'avait pas besoin d'en savoir plus sur Buffy que ce qui était inscrit dans son dossier scolaire.) J'étais ravi de faire votre connaissance, mademoiselle Gordon, mais je crains fort de devoir y aller.

— Le plaisir était partagé, monsieur Giles.

— Oui, alors, bonne journée.

Giles leva sa tasse pour la saluer mais ne la regarda pas en partant.

Ayant chargé la base de données et noté ses instructions, Willow surfait sur le Net en attendant le retour de Giles.

A son retour, celui-ci se dirigea droit vers le bureau.

— Je vois que tu es occupée, dit-il en fronçant les sourcils, l'air inquiet.

— Un peu, mais la base de données des Tueuses est chargée et prête à l'emploi.

— Ah bon ?

Giles enleva sa veste en hochant la tête, l'air préoccupé. Ce n'était pas vraiment la réaction à laquelle Willow s'était attendue. Giles n'était pas franchement du genre à manifester un enthousiasme délirant, mais c'était lui qui l'avait harcelée pendant des semaines au sujet de ce programme. Elle l'observait, perplexe, espérant que ce qui le tourmentait n'était pas aussi terrible que sa mine le laissait penser. Elle ne se sentait vraiment pas d'humeur à faire face à une crise.

— Alors, comment s'est passé votre break ?

— Pour le moins troublant. (Il sortit un stylo de sa poche et tendit la main vers le cahier de Willow.) Je peux ? (Elle déchira une page blanche et la lui tendit.) Merci.

Giles s'assit et commença à écrire.

Interprétant cela comme une permission de partir, Willow mit son sac en bandoulière et dit :

— Je crois que je ferais mieux d'y aller parce que Mme Murray, euh, n'aime pas beaucoup les retardataires et… (Elle tressaillit quand Giles leva brusquement la tête, l'implorant des yeux.) C'est important, hein ?

— Pour Buffy, oui. Mais je ne peux pas t'en dire plus. (Il lui tendit le papier.) Je te serais extrêmement reconnaissant de bien vouloir jeter un coup d'œil à cela avant d'y aller. Je te ferai un mot pour Mme Murray.

Willow laissa tomber son sac en soupirant. En dehors du fait qu'il était le cerveau et le superviseur adulte de la société secrète de la Tueuse, Giles était un peu comme un oncle pour eux. Gentil et attentionné, il ne portait pas de jugement et il ne les prenait pas de haut – la plupart du temps. Alors, s'il avait besoin de quelque chose, elle répondait présent. Comme il le faisait toujours pour elle.

De plus, il était exclu de refuser d'aider Buffy, même si cela la blessait un peu qu'elle n'ait pas voulu lui confier ce qui la tracassait. En parcourant les notes de Giles, Willow réalisa que Buffy en avait manifestement parlé à celui-ci. Et elle n'était pas surprise qu'il lui demande des renseignements sur Mlle Gordon.

— Qu'est-ce qu'on cherche exactement ? demanda-t-elle en s'introduisant dans le système informatique du lycée. C'est vrai qu'on ne peut pas dire que Mlle Gordon soit très cool avec Buffy, mais, bon, je ne crois pas qu'il y ait quelque chose de, euh… bizarre à son sujet… Je me trompe ?

— Je ne sais pas. Mais, j'en déduis donc que tu ne ressens rien de bizarre lorsque Mlle Gordon te parle ?

— Comment ça… ressens ?

Willow gardait les yeux fixés sur l'écran. Le dossier

de Crystal Gordon était plus détaillé que les notes de Giles, mais les informations correspondaient. Elle passa alors à l'étape suivante, et se mit à chercher la confirmation des données de sa naissance et de sa scolarité dans l'Ohio.

— Pas de réactions physiques qui t'auraient semblé curieuses, compte tenu des circonstances, comme le souffle court, peut-être, ou… (il marqua un temps d'hésitation et plissa les yeux) … des bouffées de chaleur.

— Je suis trop jeune pour avoir des bouffées de… Oh. (Comprenant soudain, Willow secoua la tête.) Non, non. Rien de ce genre, à moins que… euh, être à l'aise en fasse partie. Je veux dire que j'ai trouvé qu'elle était vraiment d'un abord facile, mais bon…

— Oui ?

— Il faut dire que je ne manque pas autant les cours que Buffy… et tout ça. Non pas que ce soit vraiment sa faute, mais les profs aussi sont humains, non ?

— En principe.

Giles sourit, mais cela n'apaisa pas les inquiétudes de Willow. Il serrait les mâchoires, comme toujours quand il était tendu.

— Si j'en crois ceci, Crystal Gordon l'est aussi. Humaine, je veux dire, dit-elle en déplaçant sa chaise pour que Giles puisse voir l'écran.

Le dossier scolaire de l'enseignante, annexé à son dossier d'inscription à l'université d'Etat de l'Ohio, contenait un dossier médical complet remontant à sa naissance à Cleveland. Cependant, ces renseignements biographiques ne contentèrent pas Giles.

— Si j'en crois ce qu'on m'a dit, les données informatiques peuvent être modifiées relativement facilement, dit-il.

— Oui, mais concevoir une biographie complète

avec autant de détails… (Willow haussa les épaules.) Possible, mais pas facile.

Giles se contenta de hocher la tête en fixant l'écran. Willow fronça les sourcils, l'air hésitant.

— Mais… comment se fait-il que vous ne fassiez pas confiance à Mlle Gordon, Giles ? demanda-t-elle soudain.

— J'aurais bien du mal à le dire, en fait. Elle m'a paru assez charmante quand nous avons discuté, et pourtant, j'ai trouvé qu'elle dégageait quelque chose… d'inquiétant.

— Donc, c'est plus comme une intuition. Vous ne pouvez pas l'expliquer, mais c'est quand même… là.

— Oui, à peu près. Ça et la certitude absolue que Buffy n'est pas hystérique, dit-il posément.

Comprenant enfin, Willow écarquilla les yeux, troublée :

— C'est donc ça, le problème de Buffy ? Mlle Gordon ?

Giles hocha la tête et dit :

— Je vais passer discrètement quelques coups de fil pour vérifier l'exactitude de ces renseignements afin d'éviter d'en tirer des conclusions trop hâtives.

— D'accord. Je peux y aller maintenant ?

— Oui, bien sûr. Ah, il te faut un mot… (Il reprit le cahier de Willow et vit ses notes manuscrites.) Qu'est-ce que c'est que ça ?

— Ça ? Ben, euh, ce sont, euh… (Elle s'interrompit. Ce n'était pas en bégayant qu'elle parviendrait à faire face et à rester sur ses positions.) … Des instructions détaillées pour la base de données. Comment y accéder, y entrer des infos, les sauvegarder. Comme vous avez déjà utilisé un ordinateur…

— Moi ? (Giles était interdit.) Mais je n'ai ni les

compétences ni le temps de me consacrer à cet... engin. Aussi prodigieux soit-il.

— Oui, mais, euh... (Willow avait la gorge sèche, mais elle insista gentiment et fermement.) Moi non plus, je n'ai pas le temps. Vous savez, j'ai un copain et euh, des devoirs et... des patrouilles. Ce n'est pas que je ne veuille pas donner un coup de main pour ce boulot mais...

— J'ai compris, Willow. (Giles soupira et lui griffonna un mot pour Mme Murray.) Tu as tout à fait raison. Je vais essayer.

— C'est vrai ? (Le visage de Willow s'illumina tandis qu'elle prenait le mot.) Juste un avertissement quand même.

— Un seul, c'est tout ? demanda Giles d'un ton sarcastique.

— Si vous décidez d'aller surfer sur le Net, il y a des risques de devenir accro.

Elle partit vite et grommela en sortant :

— Et qu'on ne vienne plus me dire que je me laisse marcher dessus.

— Tu as assez mangé ? demanda Joyce en s'essuyant la bouche.

— Je n'en peux plus.

Le sourire de Buffy ne laissait pas deviner qu'elle savait ce qui se passait vraiment dans la tête de sa mère. Buffy était tout sauf convaincue que Joyce avait fini par accepter d'être la mère de la Tueuse de Vampires et qu'elle ne s'inquiétait pas à chaque fois que sa fille quittait la maison à la nuit tombée. Le fait de manger dans des assiettes en carton ne masquait pas ce que révélait le somptueux menu du dîner. Pour la quatorzième fois en deux semaines, Buffy eut l'impression qu'on venait de lui servir son dernier repas. Comme si sa mère était persuadée qu'elle ne pourrait pas affronter l'adversité avec, dans l'estomac, des tartines de beurre de cacahuètes et de confiture.

— Tu es sûre ?

— Tout à fait sûre, répondit Buffy en empilant les assiettes tandis que sa mère commençait à débarrasser la table.

— Tu as été étonnamment silencieuse ce soir.

— C'est pas facile de parler quand on déguste un festin comme celui-ci.

— Tout va bien au lycée ?

— J'ai loupé le déjeuner mais à part ça, ça roule.

Elle prenait des libertés avec la vérité, mais Joyce avait suffisamment de soucis comme ça, et Buffy ne voyait pas l'intérêt d'en rajouter. Giles avait les choses en main, et ce qui en ressortait semblait positif. Mlle Gordon avait pratiquement promis d'arrêter de persécuter Buffy, et les appels qu'il avait passés confirmaient les informations que Willow avait trouvées à son sujet. Crystal Gordon était bien née à Cleveland, où elle avait grandi, et, à part une ascension fulgurante du statut d'élève moyenne à celui d'élève excellente à l'âge de seize ans, rien d'étrange ne s'était jamais passé ni dans sa vie, ni dans son entourage. En tout cas, rien que Giles ait découvert. Il cherchait toujours.

— Ça t'embête pas de finir, Maman ? demanda Buffy en refermant le sachet de pain. Il faut vraiment que j'y aille.

— Je crois que je devrais pouvoir m'en sortir. (Joyce sourit, l'air nonchalamment interrogateur.) Aucun espoir que tu fasses relâche ce soir ? J'ai loué un vieux film génial…

— J'aimerais bien, mais j'ai un rencard avec une pierre tombale.

Elle sortit deux pieux du tiroir à bric-à-brac et les fourra dans ses poches arrière.

— C'est quelqu'un qu'on connaissait ? demanda prudemment Joyce. (Bien qu'elle ne se réjouisse pas que sa fille soit l'Elue désignée pour exterminer les morts vivants, le fait d'être au courant de la routine et du jargon de la Tueuse lui donnait l'impression d'être dans le mouvement et l'aidait à faire face.)

Buffy secoua la tête :

— Non, sauf si tu as un tatouage dont tu ne m'as jamais parlé.

— Euh… non. (Un sourire malicieux effaça de son visage l'expression de résignation déconcertée.) Bien que j'aie eu l'intention de me faire tatouer un de ces petits papillons, sur la cheville.

— A ton âge, c'est quand même plus raisonnable qu'un cœur sur la fesse !

Joyce lui jeta un regard mauvais pour rire et lui lança une serviette. Buffy l'esquiva en riant et se dirigea vers la porte.

Les rues obscures étaient vides, ce qui n'avait rien d'étonnant dans le Sud de la Californie, où il était normal de prendre sa voiture pour aller chercher un litre de lait au coin de la rue. De plus, à Sunnydale, éviter les promenades nocturnes à pied ne relevait pas de l'excentricité. Trop de gens sortaient promener leur chien sans jamais en revenir.

Big Jack Perkins était en train de fermer Tom's Tattoo Emporium lorsqu'il avait été attaqué. A présent Buffy devait monter la garde sur sa tombe pour finir le boulot. Il serait tellement plus pratique que les victimes des vampires ne reposent pas *sous* terre, mais au-dessus, là où le soleil brûlerait leurs dépouilles. Mais l'enterrement était une autre preuve du syndrome de déni dont Sunnydale était atteinte, et c'était un rituel auquel les résidents ne voulaient pas renoncer – même si les croque-morts de la ville, très prospères grâce au commerce florissant de la mort, étaient d'accord.

Buffy s'élança dans le bois qui longeait le vieux cimetière de Shady Hill, prenant ainsi un raccourci qui lui ferait gagner du temps. Elle était en retard et ne voulait pas perdre l'avantage de l'effet de surprise quand les cent trente kilos démoniaques et affamés de Big Jack sortiraient de terre. Surtout ce soir, où elle s'interrogeait sur son sang-froid.

Si Crystal Gordon n'était qu'une prof humaine intimidante – comme les recherches de Giles et de Willow semblaient le prouver –, cela signifiait donc qu'elle avait vraiment eu une crise d'angoisse et que celle-ci n'avait pas été provoquée par une puissance qu'elle ne maîtrisait pas. Si elle ne regardait pas les choses en face, l'impact psychologique de cette crise et ses effets secondaires continueraient à ébranler sa confiance. Il lui fallait venir à bout du problème maintenant, et elle devait le faire seule.

De toute façon, Giles était occupé à fouiller dans le passé de Crystal Gordon. Willow voulait réviser une interro de maths et elle allait sans doute accorder quelques heures à Oz sachant que, le lendemain, il entamait la première des trois nuits qu'il passait enfermé à double tour dans la cage de la bibliothèque tous les mois. Alex avait supposé que Buffy voyait Angel parce qu'elle avait refusé sa proposition d'aller au BRONZE. Et, pour autant qu'elle avait envie de voir Angel, elle espérait que sa propre patrouille l'occuperait jusqu'à ce que Big Jack soit réduit à une poignée de cendres sur sa tombe.

Tout en courant silencieusement vers la barrière du cimetière, Buffy extirpa un pieu de sa poche. Les muscles bandés, les sens en éveil et à l'écoute du moindre son et du plus infime mouvement, elle était en mode Tueuse maximal. Si elle se plantait, elle ne pourrait pas invoquer l'excuse d'une petite forme physique.

Tandis qu'elle sautait sur le mur de pierre éboulé qui séparait Shady Hill du petit bois, ses sens l'alertèrent de la présence d'un vampire. Dans la lueur d'un lampadaire de l'autre côté du cimetière, elle distingua un homme qui s'éloignait de sa voiture en panne, l'air dégoûté. A mi-chemin entre la rue et l'endroit où se trouvait Buffy, elle vit Big Jack sortir pesamment de sa tombe. Lorsque le tout nouveau vampire repéra sa première proie dans la rue et se précipita vers l'automobiliste, la Tueuse mit prestement pied à terre et se mit à courir.

— Hé ! Monsieur ! cria Buffy sans ralentir le pas et tenant fermement le pieu dans sa main. Allez-vous-en vite !

L'automobiliste en rade leva les yeux et se figea.

— Partez d'ici ! Tout de suite !

Buffy rattrapa le nouveau vampire, bondit et agrippa une de ses jambes. Le robuste mort vivant trébucha et s'écroula sur le sol. Reprenant ses esprits, l'automobiliste se mit à descendre la rue à toutes jambes. En pleine possession de ses sens et de ses réflexes, Buffy se releva aussitôt, tandis que Big Jack roulait sur le côté en grognant.

— Salut ! Désolée d'être en retard.

Une paire d'yeux jaunes globuleux lui lancèrent un regard noir, la bouffissure du visage du vampire n'atténuant pas sa sauvagerie de démon, et sa dentition de travers et pourrie ne rendant pas ses crocs nus moins mortels. Avec une vivacité surprenante compte tenu de sa corpulence, Jack se releva et fonça sur Buffy. Quand il se jeta sur elle, la Tueuse ne bougea pas d'un pouce et plongea le pieu dans son cœur à travers des couches de graisse. Déséquilibrée par le poids de Big Jack, elle tomba à la renverse. Il se désintégra avant qu'elle ait touché le sol.

— Mais c'est que je m'en suis très bien sortie.

Buffy se releva, épousseta les cendres du vampire sur ses vêtements, puis elle s'empara de son pieu et partit à la recherche de l'automobiliste. A pied dans ce quartier isolé de la ville, l'homme affolé restait une proie facile.

Et encore vivante, se dit-elle en passant la grille du cimetière. Elle le vit courir au milieu de la rue et accéléra. Elle s'arrêta net quand un éclair rouge déchira le ciel de nuit et s'abattit sur l'homme.

Un bras devant les yeux pour se protéger, Buffy regarda, impuissante, le corps de l'homme agité de spasmes par une décharge saccadée d'énergie électrique incandescente, dans la rue soudain parcourue de violentes rafales de vent. Des vagues d'air chargé déferlaient sur Buffy et la faisaient tituber, et une infâme odeur âcre de brûlé assaillit les narines de la Tueuse.

Quand l'éclair disparut en crépitant, il ne restait plus de l'homme qu'un petit monticule calciné.

CHAPITRE III

Buffy retrouva rapidement ses esprits et parcourut les alentours du regard. Elle n'entendit rien, ne vit rien mais sentit la présence d'un vampire isolé qui sortait de l'ombre derrière elle. Elle fit volte-face, le pieu en l'air, détendue.

— Angel.

Une tempête d'émotions mêlées déferla en elle tandis qu'il s'approchait, son cache-poussière noir flottant derrière lui, ses yeux songeurs remplis d'inquiétude. Soulagement, regrets, fureur et amour. Pendant les quelques secondes qu'il fallut à Angel pour la rejoindre, elle fut submergée par toutes les émotions que sa sombre présence éveillait en elle.

— Buffy, dit-il d'une voix calme.

Elle coupa court au chagrin furieux que lui inspirait l'immuable tour du sort qui les maintenait séparés. Il ne perdrait pas son âme retrouvée pour l'amour d'elle, car il n'y avait pas pire tourment que celui qu'il redevienne Angélus.

— Ça va ? demanda-t-il doucement.

— T'as vu ce drôle de barbecue, hein ?

Ce n'était pas qu'elle prenait la mort violente de l'homme à la légère ; elle essayait juste de faire tomber la tension qu'il y avait toujours entre eux à présent. Et dédramatisait ainsi le choc de cette scène atroce.

Il hocha la tête, regarda le ciel et fronça les sourcils.

— J'ai déjà vérifié, dit Buffy. Il n'y a pas le moindre nuage ; et pas de tonnerre. Qu'est-ce que tu en penses ?

— Je n'ai jamais rien vu de tel.

— Pas même entendu parler d'un truc du genre ?

Angel secoua la tête. Buffy fronça les sourcils en voyant son air perplexe et inquiet à la fois. Si un vampire âgé de deux cent cinquante ans ignorait tout d'un tel phénomène, il y avait de grandes chances pour que la foudre rouge meurtrière soit non seulement surnaturelle, mais également antique.

— Ça, c'est un boulot pour Super Bibliothécaire.

Crystal attendit que Buffy et son grand et bel ami aient disparu pour quitter sa cachette dans le terrain boisé en face du cimetière, et pour rentrer dans la petite maison qu'elle avait louée non loin de là. Elle était sortie pour se détendre, et sa petite promenade s'était transformée en une expérience extraordinaire et de grande valeur.

Bien que M. Giles lui ait soutenu le contraire, elle avait bien senti quelque chose d'inhabituel chez Buffy Summers. Il arrivait à tout le monde d'éprouver de temps à autre une aversion ou une attirance immédiate pour quelqu'un. Et cette impression inexplicable s'avérait souvent juste pour une raison ou une autre. Ce qu'elle avait ressenti pour la jeune Summers était de cette nature. De l'endroit où elle se trouvait derrière les arbres, elle avait vu Buffy enfoncer un pieu en bois dans le corps d'un homme qui faisait facilement quatre fois sa taille et son poids – sans compter la force accrue des vampires. Fascinant. Buffy était une Tueuse de Vampires. Ce qui expliquait pourquoi le pouvoir qu'elle avait senti chez cette fille ne lui était d'aucune utilité. Et ne représentait pas une menace pour elle.

Crystal avait déjà prouvé qu'elle pouvait tuer la jeune fille par la seule force de la pensée. Une pression plus forte sur la gorge lui couperait complètement la respiration avant d'obstruer l'artère menant au cerveau. Puis une secousse plus forte du cœur, et Buffy mourrait de causes mystérieuses mais apparemment naturelles.

Et sa mort pourrait bien s'avérer nécessaire, se dit Crystal tandis que la lune apparaissait au-dessus des arbres, sphère lumineuse à deux jours d'être pleine. Elle avait entendu parler des Tueuses mais elle n'en avait jamais rencontré une. Elle avait déjà lu d'obscures références sur elles dans de vieux manuscrits et, autour de la Bouche de l'Enfer, des histoires circulaient à voix basse dans les cercles où on s'intéressait de près aux sciences occultes. Toutefois, comme elle venait de le voir, si les jeunes femmes qui se battaient pour éliminer les morts vivants étaient douées d'une force supérieure et de l'adresse nécessaire pour triompher d'un vampire, seules leurs aptitudes physiques étaient accrues.

Une Tueuse était impuissante face à la magie.

Crystal s'emmitoufla dans son châle et sourit en jetant un coup d'œil par-dessus son épaule aux restes fumants de l'homme que Buffy n'avait pas pu sauver.

Rien ne l'empêcherait d'accomplir ce pour quoi elle était née il y avait si longtemps.

Shugra n'avait aucun souvenir de sa naissance d'humaine, ni des premières saisons qu'elle avait passées dans les grottes dominant la grande vallée. Elle connaissait toutefois quelques petites choses sur le début de sa vie, des choses communes à tous les membres de la tribu et quasiment immuables. Elle en tenait certaines de Chit, la femme qui l'avait enfantée. Et elle en avait découvert d'autres après la fusion.

Accrochée à la paroi de la haute falaise, Shugra

regarda la rivière qui bouillonnait en contrebas. Elle était venue au monde sur la corniche surplombant l'autre berge de la rivière. Elle imaginait sans peine Chit souffrant et se traînant, seule, vers l'endroit élu pour accoucher.

La croyance voulait que les eaux profondes et rapides de la rivière dotent un fils de dispositions pour la chasse et de courage pour protéger les grottes des envahisseurs et des prédateurs. Une fille serait pourvue, quant à elle, de la résistance nécessaire à un dur labeur et de la capacité d'enfanter plus jeune. Les autres présages qui caractérisaient une vie nouvelle étaient plus subtils et laissés à l'interprétation de Duhn. Un oiseau prenant son envol, le rugissement d'un prédateur, le givre, le brouillard, la lumière et l'obscurité – ils avaient tous une signification qui décidait du sort de la tribu. Généralement, seul le sage et vieux Duhn saisissait le sens mystérieux caché derrière ces signes.

Mais tout le monde comprit les présages de malheur entourant la naissance de Shugra.

Ainsi qu'elle l'apprit plus tard, la crainte de la tribu naquit en même temps qu'elle sur la corniche, quand un vent mugissant glaça l'air de l'après-midi et que le tonnerre noya les hurlements de Chit. Quand Shugra sortit du ventre de sa mère, une pluie diluvienne tomba d'un ciel de mi-journée soudain noir, et trois chasseurs furent emportés par la rivière gonflée de boue dans laquelle ils se noyèrent. Des éclairs avaient enflammé les arbres à son premier cri enragé.

Les éléments n'avaient auparavant jamais accueilli une naissance avec une telle violence, et personne n'ignora l'avertissement.

Shugra serra ses dents émoussées en pensant à l'histoire que Chit lui avait racontée maintes et maintes fois afin qu'elle ne l'oublie jamais. Duhn avait refusé de la regarder et de lui donner un nom comme l'usage le voulait, et la tribu avait décrété à l'unanimité que l'exil de la mère et de la fille était une mesure sage et indispensable. Si la naissance de Shugra n'était pas reconnue, la marque du malheur qu'elle portait n'affecterait pas la tribu.

Chit la prénomma Shugra à cause du violent orage.

Les yeux de Shugra se voilèrent tandis qu'elle poursuivait son ascension vers une large saillie rocheuse en se remémorant sa vie.

Depuis qu'elle avait vu le jour, Chit avait été sa seule source de chaleur, de nourriture et de réconfort. Elles avaient survécu en marge de la communauté, ignorées, invisibles pilleuses d'ordures, tolérées sans un mot ni un regard reconnaissant leur existence. Ses souvenirs les plus anciens étaient des souvenirs de peur, de faim et de froid. Elle réalisa plus tard que le peuple en souffrait aussi. Le rude cycle de la vie humaine se réduisait à devenir, être et disparaître ; même Duhn ne pouvait y échapper.

Et elle n'y échapperait pas non plus.

Shugra se hissa sur la corniche et s'allongea pour regarder par-dessus bord. Elle observa les chasseurs qui la poursuivaient, implacables et résolus à la tuer. Haches de pierre et lances à l'épaule et sur le dos, ils escaladaient la falaise, les yeux luisants de peur et de haine, leurs mâchoires barbues crispées par la détermination.

Elle recula du bord du précipice, se redressa et leva les bras en direction des nuages noirs qui s'amassaient au loin. Comme elle invitait l'orage à assister à sa mort, le tonnerre gronda et un éclair déchira le ciel.

Le peuple la blâmerait de la fureur destructrice de la tempête, tout comme il avait condamné sa naissance et lui imputait toutes les épreuves que la tribu avait endurées depuis qu'elle avait vu le jour. Ces hommes et ces femmes ne reconnaîtraient jamais que c'était eux, de par leur ignorance et leur cruauté, qui étaient responsables de son alliance avec le Pouvoir.

Si Duhn ne l'avait pas bannie à la naissance, elle n'aurait pas connu l'isolement et les épreuves qui avaient fait d'elle le réceptacle idéal du Pouvoir. Ne dépendant plus que d'elle-même depuis le déclin puis la mort de Chit, sa force, sa détermination et ses ressources s'étaient accrues. Stimulée par l'idée de se venger, elle avait survécu en trouvant du réconfort dans la nature sauvage, et en témoignant un respect intrépide et grandissant pour les forces primitives qui avaient décidé de sa vie dès sa naissance. Ainsi, lorsque le Pouvoir lui fut donné dans une tempête sans nuages à l'éclair rouge sang, elle était prête à le recevoir.

Le souvenir qu'elle avait de ce jour-là était aussi clair que du cristal.

Tandis que le peuple se mettait à l'abri du courroux explosif de l'orage, elle avait pénétré dans la turbulence. Elle était restée impassible quand la foudre écarlate avait réduit la forêt en cendres et la pierre en poussière autour d'elle. Elle n'avait pas crié quand un éclair l'avait frappée en pleine poitrine, enflammant son sang et reliant son esprit à un immense réseau chaotique d'énergie brute, avant qu'elle ne perde connaissance.

Lorsqu'elle avait repris ses esprits dans une clairière fumante, elle était toujours connectée – et transformée.

A la suite de cela, et bien qu'il lui fallût plusieurs saisons pour s'en rendre compte, elle fut bel et bien responsable des fléaux qui s'abattirent sur la vallée.

Shugra sentait le Pouvoir irradier chaque pore de sa peau sale, griffée et croûteuse et sortir à flots de ses mains levées. Cela avait sur elle un effet aussi apaisant intérieurement que les manifestations physiques de son tourment affectif étaient dévastatrices.

Quand, par le passé, sa solitude lui était devenue insupportable, la rivière s'était asséchée. Quand Shugra avait psalmodié pour adoucir le chagrin du décès de Chit, le vent avait soufflé sur la vallée à en déraciner les arbres. A chaque fois qu'elle se révoltait en hurlant contre l'injustice de son exclusion, la terre tremblait et s'ouvrait. Et, toujours, le violent orage planait à l'horizon, continuellement prêt à éclater et régi par une âme forgée par la douleur et vouée à la vengeance.

Les nuages noirs parcouraient la vallée et Shugra se retourna. Elle plaça ses mains contre la rugueuse paroi rocheuse. Les cris de colère des chasseurs à sa poursuite s'évanouirent quand elle ferma les yeux pour se concentrer.

Lorsqu'elle avait fini par réaliser que les forces des ténèbres réagissaient à l'intensité de ses émotions, elle s'était mise à faire des expériences. Elle avait observé et gardé en mémoire ce que chaque action générait, elle avait réitéré puis affiné et adapté ses explosions émotionnelles jusqu'à ce qu'elle ait appris à déchaîner les énergies sauvages à volonté. Elle projetait désormais d'apprendre à les contrôler.

Mais elle était sur le point de mourir.

Puisant de la force et du courage dans le contact de ses doigts avec la roche dure et froide, Shugra se concentra sur sa respiration et se calma en pensant aux ravages qu'elle avait causés ce matin-là.

En ramassant des herbes guérisseuses, elle était tombée sur un essaim d'insectes volants aux couleurs vives. Elle avait essayé de manipuler le vol des fragiles créatures avec la puissance de sa volonté, mais elle avait échoué. Dépitée à la vue des insectes tombant morts dans l'herbe, elle était entrée dans une colère noire. En l'espace de quelques minutes, un gigantesque nuage d'insectes voraces avait obscurci le ciel.

Le vrombissement des ailes avait noyé les hurlements des hommes se précipitant dans les grottes pour s'abriter. Certains ne purent échapper à la horde ailée qui avait déferlé sur la vallée, dévorant les feuilles et les fruits, les herbes sauvages et les cultures de la tribu.

Le cœur de Shugra se gonfla en revoyant Duhn, qui avait affronté l'invasion seul, debout sur la plate-forme à l'extérieur des grottes, défiant les insectes avec sa magie imaginaire. Aucun de ses chants, aucune de ses potions d'herbes, aucune de ses calebasses crépitantes n'étaient parvenus à les arrêter.

Mais elle avait arrêté le vieil homme.

D'un geste du bras et d'un regard furieux dans lesquels la puissance de sa colère était concentrée, elle avait soulevé un tourbillon de vent qui avait emporté Duhn. Puis elle avait regardé avec ravissement les insectes vicieux le ronger jusqu'à l'os.

Des grognements et des imprécations la ramenèrent à la falaise.

Les chasseurs, effrayés mais déterminés à l'exterminer suite à son acte meurtrier, brandissaient leurs armes en se hissant tant bien que mal sur la haute corniche. Ils hésitèrent un instant, se méfiant de la femme sauvage plaquée contre la roche, puis poussèrent un hurlement aigu de triomphe barbare en réalisant qu'elle était coincée et qu'elle n'avait aucun moyen de leur échapper, sauf par un plongeon mortel dans la vallée.

Shugra se concentra sur la surface dure sous ses doigts. Lorsque la première lance lui transperça l'épaule, elle transmit sa rage accumulée à la pierre. La roche se fendit à l'endroit où elle la toucha. Elle ne trembla ni ne cria devant les haches et les massues qui s'abattaient sur elle, lui brisant les os et la déchiquetant. Elle implora l'orage. La tempête traversa la vallée en grondant, occultant le soleil et chargeant l'air de la fureur de Shugra. Le tonnerre roula et le ciel se fissura d'un enchevêtrement de fines lignes écarlates qui irradièrent la falaise jusqu'au cœur de la montagne. Ses bourreaux hurlèrent de terreur tandis que la corniche cédait sous leurs pieds et qu'au-dessus de leurs têtes la falaise s'éboulait.

Shugra se sentit tomber.

Son esprit fut arraché à son corps et fut entraîné dans le royaume bouillonnant du Pouvoir avant qu'elle ne touche le sol.

14 septembre 1988

Crystal se redressa dans son lit, glacée par une sueur froide. Elle frissonna en regardant autour d'elle, prenant le temps de mêler les vieux souvenirs aux nouveaux. Comme à chaque fois qu'elle se réveillait après le Rêve, elle ne fut ni choquée ni perturbée en prenant conscience de ce qu'elle était vraiment. Depuis que Chit lui avait donné la vie dix-neuf mille ans plus tôt, elle avait maintes fois quitté des corps vieux ou abîmés pour réapparaître dans de nouveaux corps.

— C'est bon d'être de retour, murmura-t-elle en se pelotonnant dans la chaleur de la couette qu'elle remonta jusqu'au menton.

Elle avait depuis longtemps oublié combien de vies elle avait vécu, mais le nombre importait peu.

Elle venait de renaître.

Seize ans plus tôt, alors que la rivière-source commençait à converger sur la Terre, son essence avait fui les flots de la magie libre qui la protégeait après qu'elle eut choisi la donneuse. Elle avait des besoins simples.

Des parents équilibrés, charmants, financièrement stables, mais ne se distinguant surtout en rien et vivant dans la région du monde où elle aurait le plus de liberté. Elle avait bien choisi son corps cette fois-ci – mais il n'en avait pas toujours été ainsi.

Crystal Gordon avait survécu à son enfance.

Ce qui n'avait pas toujours été le cas, songea-t-elle avec regret.

Chacune des femmes en qui elle s'était réincarnée au cours des siècles passés avait conscience d'être différente de ses pairs, mais sans connaître sa véritable identité ni l'étendue de ses facultés. Le blocage subconscient était une précaution qu'elle s'était imposée pour empêcher l'enfant impulsive en chacune des personnes qu'elle avait choisies de révéler sa vraie nature – un penchant dangereux et fatal qui avait fréquemment mis un terme prématuré à certaines de ses vies antérieures. Au lieu de cela, elle passait les années de croissance à s'adapter à une société qui lui était inconnue et à recueillir des informations essentielles à l'accomplissement de son objectif ultime. Sa mémoire et son pouvoir lui étaient rendus quand la transition de l'enfance à l'adolescence s'achevait avec le Rêve.

« Crystal Gordon. »

Elle marqua un temps d'arrêt puis hocha la tête. Ce nom et cette vie lui convenaient. C'était le mois de septembre de l'an 1988 et elle était lycéenne à Cleveland dans l'Ohio.

Elle s'étira à nouveau, ravie de la tonicité de son corps svelte et athlétique et de la vivacité de son jeune esprit. A seize ans, elle était en parfaite condition physique et assez sage pour ne rien révéler de son pouvoir tout en se préparant. Ses connaissances, sa compréhension et sa maîtrise des forces primitives qui infiltraient l'univers s'étaient renforcées à chacune de ses vies successives.

Combien de temps cela faisait-il ? Elle calcula en plissant les yeux. Il s'était écoulé trois cents ans depuis sa dernière réincarnation. Elle avait alors presque triomphé de la source dont toute la magie découlait et avait quasiment vaincu la mort physique.

Cette fois-ci, elle n'échouerait pas.

Les conditions n'avaient jamais été aussi parfaites !

Requinquée, Crystal se glissa hors de son lit et se rendit à la cuisine. L'hystérie et la terreur des humains qui l'avaient empêchée d'accomplir son destin dans le passé avaient fait place à une sorte de tolérance. A l'aube du XXIe siècle, certains avaient une vision romantique de la sorcellerie et acceptaient ceux qui la pratiquaient alors que, pour d'autres, la magie était une aberration qu'ils rejetaient.

C'étaient tous des imbéciles.

CHAPITRE IV

Les talons de Cordélia claquaient sur le sol à un rythme saccadé qui renforçait sa détermination. Il était hors de question qu'elle débourse une autre pénalité de retard à la bibliothèque, et encore moins pour un bouquin que personne n'avait emprunté depuis trois ans.

Elle détestait se trouver dans l'école après la fin des cours, à présent. Les couloirs déserts bordés de petits bureaux et de salles de classe vides la perturbaient trop. Elle n'aimait pas se rappeler les trop nombreuses rencontres avec des démons hideux, parfois malodorants et toujours mal élevés, attirés vers le quartier général de la Tueuse.

Mais, ce soir, elle n'avait pas le choix, si elle voulait parler à Giles en privé. Tout semblait tranquille du côté de la Bouche de l'Enfer, et il y avait donc de grandes chances qu'il soit seul. Buffy était de patrouille et elle avait croisé en chemin le van d'Oz qui se dirigeait vers le BRONZE. Willow était avec Oz, et Alex n'était pas du genre à passer la soirée seul avec le bibliothécaire – à moins que sa vie sociale n'ait atteint de nouveaux records de solitude dont souffraient tous les vrais bouffons. Elle ne voulait pas que quiconque, et surtout pas Alex, l'entende se disputer avec Giles pour cinq dollars et lui pose des questions embarrassantes. Les problèmes d'argent de son père, et donc les siens, ne regardaient personne. De plus, il restait une chance que son père puisse se sortir de cette fâcheuse histoire de fraude fiscale. Elle pourrait alors cesser de redouter une catastrophe qui n'était pas encore arrivée. Se retrouver fauchée ne faisait absolument pas partie de ses projets.

Cordélia vit de la lumière par les fenêtres rondes des portes de la bibliothèque. Elle serra les mâchoires et redressa les épaules. Elle possédait de solides arguments et avait la ferme intention de se battre pour ses droits, même si Giles lui opposait un raisonnement irréfutable sur les règles et la responsabilité.

Il était à son bureau, face à l'ordinateur, en bras de chemise et la cravate desserrée, et mâchouillait une branche de lunettes. Il les rechaussa, posa un regard perplexe sur un cahier puis sur le clavier. Après avoir tapé timidement sur une touche, il regarda l'écran, puis jura dans sa barbe avant d'appuyer à nouveau sur la touche.

Bizarre, se dit Cordélia, même si plus rien ne la surprenait chez l'Observateur britannique – ou chez ses protégés.

Giles ne leva pas les yeux lorsqu'elle s'avança à grandes enjambées, mais il se leva d'un bond quand elle laissa tomber le lourd volume de *Guerre et Paix* sur le bureau.

— Cordélia !

— Giles. (Elle lui adressa un sourire crispé.) Maintenant que vous m'avez remarquée, j'ai quelque chose à vous dire.

— J'espère pour toi que c'est de la plus haute importance. Je suis occupé. (Il prit le roman et le feuilleta en se rasseyant.) Tu l'as vraiment lu ? Cela fait un petit moment que tu aurais dû le rapporter.

— J'en avais l'intention. Je voulais quelque chose de

littéraire à mort sur ma liste de lecture, mais j'ai été tellement… (Elle abrégea l'explication et elle attaqua, les yeux brillants d'indignation.) Oubliez l'amende, Giles. Ecoutez, cela fait à peine deux mois, et vous n'allez pas me faire croire que vous avez été submergé de demandes d'élèves voulant désespérément le lire.

— C'est la triste vérité, dit Giles en poussant un soupir.

— Bon ! Et je crois qu'on peut dire que j'ai plus que contribué aux frais de la Tueuse. C'est vrai, réfléchissez-y un peu ! Qui a jamais proposé de me rembourser les frais d'essence ou de mobile quand *ma* voiture et *mon* téléphone ont aidé à sauver le monde ? Sans parler des vies ! Personne. Je pense donc qu'on peut considérer qu'on est quittes et…

— Oui, d'accord, Cordélia, la coupa Giles avec impatience. Je renonce à l'amende.

— C'est vrai ? Génial ! (Ravie, Cordélia s'apprêtait à partir quand elle remarqua l'air misérable de Giles.) O.K., je sens que je vais regretter d'avoir posé la question, mais il se passe des choses horribles que j'ignore ou quoi ?

— C'est une question de point de vue, répondit Giles en souriant. Tu n'aurais pas une idée de la façon dont fonctionne cette monstrueuse merveille de modernité, par hasard ? (Il fit un geste de découragement en montrant l'ordinateur.) Willow m'a bien laissé des instructions précises sur la méthode pour enregistrer des informations, mais… je n'ai tout bonnement pas la patience, ou le temps. Et comme ces informations concernent des Tueuses et des démons, il est impensable d'engager quelqu'un pour le faire.

Soudain intéressée, Cordélia dressa l'oreille :

— On parle bien de saisie de données basique ? (Giles hocha la tête en fronçant les sourcils.) Ça serait payé combien ? Ce n'est pas que j'aie besoin d'argent, mais mon temps aussi est précieux. Et un job pourrait me servir. Ça pourrait faire bien dans mon dossier scolaire.

Gilles répondit sans la moindre hésitation :

— Huit dollars l'heure.

— Dix, marchanda Cordélia. Et un rapport élogieux. Après tout, *moi* je suis déjà au courant pour Buffy, la Bouche de l'Enfer et tout le reste. Ce qui fait d'ailleurs de moi la seule personne qualifiée qui soit disponible. Et ça, ça se paye.

— Marché conclu. Quand veux-tu commencer ?

Cordélia ôta son pull :

— Dites-moi ce que vous voulez que je fasse.

Buffy et Angel entrèrent en coup de vent alors que Giles apportait une tasse de thé fumant à Cordélia. Buffy s'avança à grands pas mais le vampire resta en arrière.

— Salut, Giles. (Elle jeta un coup d'œil interrogateur à Cordélia et regarda Giles d'un air perplexe.) Vous laissez Cordélia surfer sur les sites de bonnes affaires des créateurs ?

La vraie question – avait-il découvert quelque chose de suspect en enquêtant sur le passé de Crystal Gordon ? – planait implicitement entre eux, mais était inabordable devant des témoins.

— A vrai dire non, répondit-il. Elle travaille… sur la base de données des Tueuses.

Cordélia leva promptement les yeux :

— C'est le seul moyen pour moi de revendiquer une expérience professionnelle. C'est pas vraiment que j'en aie besoin, mais il faut bien que quelqu'un remplace Willow.

— Qu'est-ce qu'elle a ? s'enquit Buffy, soudain inquiète.

— Rien de grave, répondit Giles en souriant. (Maintenant que Cordélia l'avait déchargé de la tâche informatique – même si sa vitesse de frappe à deux doigts allait lui revenir cher –, il se sentait beaucoup plus indulgent envers le besoin gênant quoique cyclique de Willow d'affirmer son indépendance.) Rien qu'une petite rébellion – qui lui passera comme d'habitude, j'en suis certain. Dès qu'on aura besoin de ses compétences pour une situation critique.

— Ce qui risque fort d'être plus tôt que prévu. (Le ton de Buffy était désinvolte mais pressant.) Genre maintenant.

Cordélia s'interrompit :

— Maintenant ?

— Il y a eu un problème avec Big Jack ? s'enquit Giles.

— Non, son rencard avec un pieu s'est passé sans encombre. (Le sourire coquin de Buffy céda la place à un froncement de sourcils.) Mais il y a eu un petit problème avec un truc flippant, genre foudre rouge, qui a littéralement calciné un type dans la rue.

— Une foudre *rouge* ? Que s'est-il passé exactement ?

Giles croisa les bras et écouta le récit que Buffy lui fit du phénomène et de ses conséquences fatales.

— Un max de crépitements électriques de haute tension, incontestablement rouges, et pas le moindre orage. Angel a dit qu'il n'avait jamais vu une chose pareille.

Ce dernier acquiesça d'un signe de tête.

— Bon. On ne peut pas écarter la possibilité d'un phénomène naturel extrêmement rare, commenta Giles. Quelques coups de foudre dans des ciels clairs ont déjà été observés, mais généralement la tête d'un orage se formait à proximité. Une cinquantaine de personnes est en moyenne blessée ou tuée par la foudre aux Etats-Unis chaque année, et les séquelles sont considérables. Les victimes souffrent de traumatismes physiques graves, qui vont de brûlures à d'importantes lésions cérébrales ou à des dérèglements d'autres organes.

— Ce pauvre type n'a pas juste été tué, Giles, dit Buffy d'un ton plein de sous-entendus. Il a été réduit à l'état de charbon et… je n'ai rien pu y faire.

— Evidemment, dit Giles gentiment. Tu aurais très probablement été tuée aussi.

Buffy hocha la tête, mais le douloureux sentiment d'impuissance qui se lisait sur son visage atteint Giles au creux de l'estomac.

— Quoi qu'il en soit, bien que le fait d'être réduit en cendres soit un extrême plutôt exceptionnel, l'hypothèse du phénomène naturel reste envisageable, reprit Giles d'une voix égale. La foudre est une force imprévisible et dangereuse, dont certaines manifestations sont difficiles, voire impossible, à prouver.

— Comme quoi ? demanda Buffy en se penchant.

— Les boules de feu, par exemple. Il y a peu de temps encore, elles suscitaient plus de scepticisme qu'autre chose, car aucun des témoignages recueillis à leur propos n'est complètement fiable. C'est un phénomène qui dure quelques secondes au plus, et qui n'a jamais été photographié.

Angel s'avança :

— Cela a duré plus de deux minutes.

Le regard inquisiteur de Giles naviga de Buffy à Angel :

— Et vous dites n'avoir vu personne dans les parages ?

— Je n'ai remarqué personne, répondit Buffy.

— Moi non plus. (Angel s'agita, l'air embêté.)

— Pourquoi ? demanda Buffy.

— Eh bien, euh… (Giles s'interrompit à nouveau, se demandant si la théorie métaphysique à laquelle il songeait – et dont il convenait qu'elle était tirée par les cheveux – pouvait expliquer l'incident.) Ce que vous décrivez pourrait aussi faire penser à… une anomalie magique.

— C'est quoi, une anomalie magique ? demanda Cordélia.

— Certains textes anciens contiennent de vagues références à des poches et des courants de magie primitive circulant dans l'univers, et qui seraient reliés à une source aussi vieille que l'univers lui-même, répondit-il. Une source avec des affluents – des courants raccordés à un réseau dans tout le cosmos.

Giles fit une pause, réfléchissant en faisant les cent pas.

— Si on part du principe qu'elle existe, il en découle logiquement que certaines personnes – des envoûteurs, des sorcières et autres – ont une affinité avec ce pouvoir brut qui leur permet de l'utiliser, reprit-il.

— Comme Amy Madison et sa mère. (Buffy se rembrunit.) Surtout sa mère.

— Et comme Willow, ajouta Angel.

— Catherine et Amy, indubitablement, dit Giles en hochant la tête. La force de l'affinité, les connaissances et les compétences pour combiner les ingrédients et les formules magiques pour créer et jeter un sort, ainsi que divers autres facteurs déterminent la quantité de pouvoir que chaque individu acquiert. Les sorcières et les jeteurs de sorts novices – comme Willow et moi – doivent implorer d'antiques divinités pour servir de conduits à la source, parce que leur affinité est faible ou inexploitée. En comparaison, Catherine était assez puissante.

— C'est un euphémisme, grommela Cordélia. Elle a quand même enflammé Amber, m'a rendue aveugle, a échangé son corps avec celui de sa fille et a presque tué Buffy...

— Et alors, c'est quoi une anomalie ? demanda Buffy avec insistance.

— Hein ? Ah, oui. En l'absence d'un sorcier, votre coup de foudre rouge pourrait bien avoir été, euh, un peu de magie brute qui se baladait dans l'atmosphère et qui a frappé au hasard.

— Et sinon ? demanda Buffy. Je veux dire, et s'il y avait un sorcier ? Ce n'est pas parce qu'on n'a vu personne que...

— Dans ce cas, nous avons alors un sérieux problème. (Giles fronça les sourcils.) Toute magie a un potentiel dangereux, bien sûr, mais quelqu'un ayant un contact direct avec ces énergies primitives et pouvant les contrôler disposerait d'un pouvoir ravageur.

— C'est possible, ça ? demanda Cordélia. Laissez tomber. Je ne tiens pas à le savoir en fait. (Elle se retourna vers l'écran, un doigt en suspens au-dessus du clavier.)

— Cordélia, nous vivons sur la Bouche de l'Enfer, dit Buffy. Tout est possible.

— Oui, mais... (Cordélia s'illumina soudain.) Une personne avec un tel pouvoir ne perdrait sans doute pas son temps ou sa bonne vieille énergie primitive à carboniser un quidam. Pas en ayant l'occasion d'éliminer la Tueuse, ce qui n'est pas arrivé, donc... il n'y a pas à s'inquiéter.

Giles dévisagea Cordélia, stupéfait une fois de plus par les perles de sagesse fortuite qu'elle était capable de sortir.

— A moins que ça n'ait été fait dans le but d'attirer l'attention de Buffy, avança-t-il.

Buffy se tourna brusquement vers Giles :

— Vous ne pensez quand même pas que…

— Je ne sais pas, mais des recherches supplémentaires s'imposent avant que nous ne nous laissions emporter par des théories sans fondement.

Il pouvait tout à fait y avoir un lien entre Crystal Gordon, l'angoisse de Buffy et la subite manifestation de ce qui était peut-être de la magie primitive. Avec deux incidents démoralisants impliquant la Tueuse en l'espace de quelques heures, Giles ne pouvait pas ignorer les implications de mauvais augure.

Requinquée, Buffy se leva d'un bond.

— Je vais chercher Willow. Elle a pas besoin de travailler pour être super-bonne en maths.

— Ça tombe bien, dit Cordélia. Parce qu'elle est en train de réviser au BRONZE.

A l'extérieur du BRONZE, Buffy regarda Angel disparaître dans l'obscurité, réconfortée de savoir qu'il resterait dans les parages. Si Crystal Gordon ou une autre personne était directement branchée sur la source universelle de magie évoquée par Giles, elle aurait besoin d'un maximum d'aide. Même trois ans plus tard, elle n'avait pas oublié la force sauvage de la sorcellerie de Catherine Madison. Vaincre une créature infiniment plus puissante relevait presque de l'impossible.

Presque, mais pas complètement, pensa Buffy en entrant dans le rendez-vous privilégié de la faune adolescente de Sunnydale. Il y avait un nombre infini de démons inimaginables à proximité de la Bouche de l'Enfer, mais il existait aussi toujours un moyen de les anéantir.

Il y avait du monde au BRONZE pour un soir de semaine. Les rires, le bourdonnement des conversations et l'exubérance d'une foule de jeunes affichant les styles les plus à la page narguaient les démons cancéreux qui infestaient la ville. Cette ambiance « la vie continue » faisait le plus grand bien à Buffy, après une journée passée sur un grand-huit émotionnel.

Elle commanda un soda au bar, puis déambula dans la foule à la recherche de Willow. Son amie n'était pas difficile à trouver : Oz jouait avec le groupe sur scène. Willow et Alex étaient donc installés à une table au pied de la scène et discutaient avec Anya et Michael. Ou plus exactement, Willow parlait. Alex se tenait droit, les bras croisés et la bouche soudée, la proximité d'Anya lui ôtant ses moyens et l'empêchant d'être, à son habitude, affalé. La moue boudeuse qu'il affichait n'avait aucun effet sur la discussion des autres. Même le réservé Michael semblait plus animé que d'ordinaire.

— On devrait se voir plus souvent, dit Anya en touchant le bras de Willow – qui tressaillit – et en jetant un coup d'œil à Michael.

— Dit l'araignée à la mouche, grommela Alex.

Michael acquiesça d'un signe de tête, sans qu'on sache vraiment s'il s'adressait à Anya ou à Alex.

— Ben, oui, euh… on pourrait… se voir… de temps en temps… peut-être.

Les yeux écarquillés, le sourire crispé, Willow n'exprima pas ses doutes quant à une amitié suivie avec l'ex-démon.

Son absence d'enthousiasme spontané échappa toutefois à Anya :

— Génial ! Je crois que tu serais surprise de voir ce qu'on a en commun, en fait.

Alex les regarda l'une après l'autre en fronçant les sourcils :

— Suis-je le seul à être consterné par cette perspective ?

Buffy profita de cette vanne pour s'approcher de leur table.

— Salut ! Qu'est-ce que vous faites de beau ? A part ne pas réviser l'interro de maths ?

— Mais on a révisé. Jusqu'à ce que Joey appelle Oz pour remplacer Mack qui n'a pas pu venir. (Willow regarda la scène en souriant et fit un signe à Oz.) Il s'en sort super bien d'ailleurs, pour quelqu'un qui n'a pas répété !

— Quelqu'un a eu des nouvelles de Mack ? demanda Buffy.

— Il a la grippe. Pas de quoi s'inquiéter. (Alex jeta un coup d'œil aux places vides de chaque côté de lui sur la banquette.) Je te ferais bien de la place, Buff, mais cela me rapprocherait dangereusement de qui tu sais… (il regarda Willow du coin de l'œil, puis lança un regard furieux à Anya)… ou de qui tu sais. Mes hormones ne pourraient pas y résister.

— On s'en va, Alex. Tu peux te détendre. Pour l'instant. (Le regard d'Anya reflétait l'avertissement à peine déguisé de son ton. Elle tira Michael par la manche.) A demain, Willow.

— Elle vient de me menacer ou quoi ?

Alex décroisa les bras et les jambes et se vautra comme à son habitude, en regardant l'improbable couple se frayer un chemin sur la piste de danse.

— Ça m'avait en effet tout l'air d'une menace voilée, dit Buffy en prenant la place laissée vacante par Anya.

— Tu crois ? demanda Willow à l'autre bout de la longue banquette. Mais qu'est-ce qu'il risque ? Elle ne peux plus faire des vœux horribles, alors il n'y a aucune raison de s'inquiéter, non ?

— C'est une fille et pas moi. C'est ça le pouvoir. (Alex soupira.) Même si, avec un peu de chance, elle préfère tenir un Michael en laisse que courir derrière un Alex.

— Mais je croyais que Michael et Kari... Je ne savais pas que Michael était du genre tombeur, ni même qu'il avait autant de succès avec les filles. Pauvre Amy...

— ... qui, pour le moment, s'intéresse plus au fromage qu'autre chose.

Buffy n'était pas convaincue que l'intérêt soudain qu'Anya portait à Michael était d'ordre amoureux. De l'autre côté de la salle, la sainte à qui on avait ôté les griffes et le timide sorcier maquillé s'installaient à une table pleine de gens, parmi lesquels Kari Stark et un groupe d'ados franchement mal assortis.

— Ça c'est une photo de classe à laquelle personne ne croirait, fit Alex.

Buffy dut en convenir. Kari était une excellente élève, alors que Joanna Emidy était une ravissante pom-pom girl dont les notes n'avaient jamais atteint la moyenne, sauf en sport. Winston Havershem, un Anglais arrivé l'année précédente, était à fond dans le *heavy metal*, s'habillait uniquement en noir et achetait ses accessoires vestimentaires chez le quincaillier. Quand on l'entendait s'exprimer avec son accent british distingué, l'effet d'ensemble était plutôt surprenant. Quant à Emanuel Sanchez et Alicia Chow, ils étaient tout ce qu'il y a de plus ordinaire et ne se distinguaient absolument en rien de la masse des élèves.

— C'est super-bizarre. (Le regard de Willow se posa brièvement sur cette bande insensée.) Même pour Sunnydale.

— Pour parler d'autre chose, intervint Buffy, on aurait besoin de tes lumières pour deux, trois trucs, Willow.

— Ah bon ? (Soudain sérieuse, Willow se redressa.) Genre, euh… ce qui t'a pris la tête toute la journée ?

— Elle a raison, Buff. T'avais l'air super-flippée. (Alex regarda Buffy sérieusement.)

— Ça se voyait tant que ça ?

Buffy plissa le nez quand Alex et Willow hochèrent la tête. Elle aurait sans doute dû leur en parler plus tôt. En dehors de Giles et Angel, Alex et Willow étaient les deux personnes qui la comprenaient, et elle pouvait compter sur leur soutien inconditionnel – en général. Maintenant qu'elle avait digéré son problème et répondu à ses interrogations sur sa santé mentale, il était temps qu'elle crache le morceau. Elle leur résuma les événements de la journée, de sa crise d'angoisse aux diverses théories de Giles sur la foudre rouge meurtrière.

— Buffy, dit Alex, t'es la personne la moins folle que je connaisse, et donc la moins à même de péter un câble.

— Ouais, et ce n'est pas parce qu'on n'a trouvé que des choses normales sur Mlle Gordon qu'elle est forcément normale. (Willow se pencha en avant et baissa la voix.) Je crois qu'elle a donné des bouffées de chaleur à Giles. (Elle se leva.) Bougez pas, je reviens. (Elle se dirigea vers la scène pour prévenir Oz qu'elle partait.)

— Alors, on commence par quoi ? demanda Alex.

— Il faut aider Giles à trouver dans ses vieux bouquins moisis des références à la magie primitive. Et il veut que Willow recherche des choses bizarres qui se seraient passées à Cleveland depuis vingt-huit ans.

Alex sursauta :

— J'ignorais que Cleveland était réputée pour ses événements bizarroïdes.

31 octobre 1988

Crystal était assise par terre dans un bosquet de chênes, d'érables et d'ormes, et ses sens s'imprégnaient des sons et des senteurs qu'elle n'avait pas vraiment pu apprécier pendant les années précédant son Eveil. Ses nouveaux souvenirs renfermaient quelques moments rares de communion comme celui-ci. Des moments où elle avait senti le lien unique qu'elle avait avec les éléments – comme les quelques fois où elle était partie camper avec ses parents actuels dans des coins sauvages. Ils l'adoraient, ce qui n'était pas surprenant, sachant que c'était elle qui les avait choisis, tout comme elle avait choisi le lieu et l'heure de sa naissance. L'âme de l'enfant qu'ils avaient conçu avait rapidement été expédiée quand elle avait pris possession de son corps. Elle avait fait le bon choix sur tous les plans.

Et après ces milliers d'années, l'heure était venue.

Ou plutôt viendrait vers la fin du siècle.

D'ici là, elle avait beaucoup à faire pour se préparer, tranquillement et en secret, sans laisser la moindre trace pour ne pas être repérée par ceux qui faisaient la guerre à l'occultisme – ou même par ceux qui s'y adonnaient.

Cette fois-ci, en dehors des douze dont elle avait besoin pour atteindre la source, personne ne saurait qui elle était avant qu'il ne soit trop tard.

Elle s'était vêtue de noir pour se fondre dans la nuit, ayant prévu, si les circonstances l'exigeaient, de devenir la nuit.

Le simple fait de penser à cette faculté qu'elle avait de se transformer en volute de fumée ou en tout ce qui lui passait par la tête l'excitait, mais elle ne céda pas à son envie. Elle laissa son esprit vagabonder, sensible aux créatures qui continuaient à exister comme par le passé dans un monde atrocement défiguré par les abominations de l'homme. Elle exécrait l'industrie hypocrite qui avait créé ce besoin de refuges isolés du monde réel qu'on appelait des parcs – mais elle appréciait quand même le petit havre qui avait été épargné près de la maison de ses parents. Irritée par ces pensées, Crystal trouva du réconfort dans le chant des grillons, le bruissement des feuilles et le regard prédateur de la chouette. Il était impératif que, à ce stade, elle domine ses émotions.

Des cris ravis d'enfants la ramenèrent brutalement à son objectif premier. A l'abri dans le taillis sombre, elle s'installa pour examiner le rituel que cette société observait pour célébrer les morts. Bien qu'ayant participé à cette mascarade depuis l'âge de deux ans, Crystal regardait Halloween d'un autre œil à présent.

Elle resta assise une heure, divertie par le défilé de minuscules super-héros, princesses, monstres et fantômes qui soutiraient joyeusement des bonbons et des pommes à ses voisins. Quand les lumières commencèrent à s'éteindre devant les maisons, elle se leva pour rentrer chez elle finir un exposé de biologie. Ses parents se réjouissaient de sa détermination soudaine à apprendre et à exceller. L'aspect éducatif de sa préparation en était facilité, comparé aux problèmes auxquels elle avait été confrontée dans des vies passées, à des époques où les patriarches au pouvoir considéraient que l'instruction des femmes était inutile et dangereuse. Ces vieux crétins n'avaient, bien sûr, pas entièrement tort sur ce dernier point.

Crystal sortait du bosquet qui débouchait sur une étendue d'herbe, quand un rire strident retentit dans le silence. Elle s'apprêtait à partir, ne s'intéressant pas au groupe d'adolescents qui faisaient la fête à l'autre bout de la vaste pelouse.

— Laissez-moi tranquille. S'il vous plaît.

Le sanglot plaintif de la fille piqua la curiosité de Crystal. Elle fit le tour de la prairie à pas de loup.

— Allez, Rhonda, ricana une voix masculine. C'est quoi le problème, hein ?

— On n'est pas assez bien pour toi, c'est ça ? demanda un autre garçon en riant.

— Non !

Le cri perçant de Rhonda fut soudain étouffé.

Crystal les observait, dissimulée dans l'obscurité. Une colère antédiluvienne monta en elle en voyant cette scène plus vieille qu'elle : trois hommes déterminés à déshonorer une frêle jeune fille qui, elle, ne possédait pas le pouvoir des éléments pour se défendre. Crystal n'éprouvait aucune compassion pour Rhonda. Mais, ajustant ses cordes vocales pour avoir une voix plus basse, elle dirigea une colère non atténuée par le temps sur les garçons.

— Laissez-la, ordonna-t-elle d'une voix de baryton qui se mêla au grondement sourd du tonnerre au-dessus d'eux.

Les trois garçons levèrent la tête. Le plus grand ne lâcha pas le bras de Rhonda.

— Qui est là ?

Ravie que l'orage réponde toujours à sa fureur, Crystal renvoya la tempête qui enflait. La magie conjurée par une émotion intense était trop imprévisible, et elle était trop jeune dans cette vie pour être certaine de sa maîtrise et de sa précision.

— Laissez-la.

Elle donna cet ordre posément, mais il y avait une résonance dans sa voix qui glaçait le sang. Le garçon le plus grand bondit, lâcha la fille et sortit un couteau. Ses deux copains reculèrent, affolés, en scrutant l'obscurité.

— J'aime pas ça, Ray, dit le garçon trapu d'une voix tremblante.

— Ferme-la, Brad, riposta Ray en serrant le manche de son couteau.

— Partez, mademoiselle, dit doucement Crystal.

La jeune fille se dirigea vers la rue en pleurant et en courant d'un pas mal assuré.

Le grand type prit une position de combat, furieux d'avoir perdu sa proie – ou d'avoir perdu la face devant ses copains.

— Allez, viens ! Montre-toi !

Crystal s'avança dans la lumière et s'approcha d'eux en souriant.

— C'est une nana ! dit le troisième garçon qui, furax, se plaça à côté de Ray en brandissant les poings. Brad se positionna derrière Crystal pour qu'elle soit cernée.

— On va te le faire payer, salope, beugla Ray en s'élançant vers elle. Son sourire se mua en un regard d'horreur stupéfaite quand ses copains et lui furent immobilisés.

Le Pouvoir vibrant en elle, ses cheveux blonds flottant au vent, fixant durement Ray du regard, Crystal se vengea à sa façon. Le jeune homme ouvrit des yeux terrifiés quand sa propre main bougea indépendamment de sa volonté et lui trancha la gorge. Arrachant la lame à la main mourante de Ray, Crystal fit rapidement taire les hurlements des deux autres.

Le couteau tomba par terre quand elle s'éloigna.

CHAPITRE V

La vue trouble, Willow jeta un coup d'œil à l'heure en bas de l'écran. *3 h 18. Pas étonnant que tous les mots se mélangent.* Toutefois, elle n'était pas la seule à avoir du mal à tenir le coup. Au bout de la table, Buffy dormait la tête sur les avant-bras. Alex s'était écroulé dans la cage sur les couvertures déchirées d'Oz. Quant à celui-ci, il était rentré dormir chez lui après la fermeture du BRONZE. Il ne se reposerait pas beaucoup pendant les trois nuits de sa phase poilue qui commençait le lendemain, parce que le loup-garou en lui passait la majeure partie de son temps à hurler, à arpenter la cage et à l'ébranler.

— Tu as trouvé quelque chose ? demanda Giles qui sortait de son bureau, une tasse de thé dans une main et un exemplaire décrépit des *Phénomènes surnaturels* de Selec dans l'autre.

Willow secoua la tête :

— Aucun orage à plusieurs centaines de kilomètres à la ronde et aucun témoin d'une foudre rouge, à part Buffy. Et il semblerait qu'Alex ait raison.

— A quel sujet ? (Giles souffla sur son thé brûlant.)

— Il ne s'est jamais rien passé de bizarre à Cleveland… A part quelques ovnis qui auraient été vus à la fin des années soixante-dix, et de vagues histoires de maisons hantées.

— Ce n'est pas franchement ce que j'espérais.

Giles posa le vieux manuscrit sur le bureau en soupirant et se frotta les yeux.

— Sinon, il y a eu un triple meurtre qui n'a jamais été résolu, reprit Willow. Un meurtre un peu bizarre, mais pas bizarre comme on l'entend, nous. Quoique… Il a eu lieu le soir d'Halloween en 1988, dans un parc à quelques rues de la maison où Mlle Gordon a grandi.

— En quoi ce meurtre était-il bizarre ? demanda distraitement Giles.

— Trois lycéens ont eu la gorge tranchée avec un couteau appartenant à l'un d'eux, répondit Willow. Pas d'autres empreintes digitales sur l'arme que celles du propriétaire… Pas de sang hormis celui des victimes. Il y avait quand même un témoin, une fille. Elle a déclaré qu'un autre type était là, mais elle n'a pas pu l'identifier parce qu'il faisait sombre et qu'elle est partie avant que les choses tournent mal. La police penchait plutôt pour un règlement de comptes entre bandes, mais ils n'ont jamais arrêté personne.

— C'est assurément affreux, dit Giles, mais pas inexplicable.

— C'est ce que je me suis dit, sauf en ce qui concerne la proximité de la maison de Mlle Gordon. (Elle jeta un coup d'œil au vieux livre sur la table.) Et vous ?

Cet ouvrage délicat, manuscrit et réalisé avec art, était un de ceux que Giles préférait dans sa collection, en partie parce qu'il l'avait ravi au poker à Ethan Rayne vingt ans plus tôt. Connaissant sa nature si coincée et soucieuse aujourd'hui, on avait bien du mal à s'imaginer Giles dans la peau d'un jeune amateur d'occultisme, impétueux, bagarreur et irresponsable.

— Je n'en suis pas certain.

Buffy se réveilla en se redressant brusquement. Elle

dégagea les cheveux emmêlés devant son visage et bâilla.

— Alors, qu'est-ce que j'ai raté ?

— Pas grand-chose, je le crains. (Giles but une gorgée de thé, l'air pensif.) Il n'existe qu'un seul cas recensé du phénomène de foudre dont tu as été témoin. A Ephèse, une ville au bord de la mer Egée, trois cent cinquante-six ans avant le début du premier millénaire.

— Ça date pas d'hier. (Encore engourdie de sommeil, Buffy secoua la tête pour s'obliger à ouvrir les yeux.)

— Mais c'est toujours quelque chose… non ? Je veux dire… il serait difficile d'ignorer une foudre meurtrière qui sort de nulle part, et donc… peut-être que ça a vraiment été la seule fois.

— C'est exact. (Giles soupira.)

— Et ça pose un problème ? demanda Buffy.

— C'est assez difficile à dire, parce que le texte est vague. Les ruines du temple d'Artémis existent toujours, mais à l'époque de l'incident, quand une foudre rouge sang dévastatrice tua des centaines de personnes, les adeptes du culte d'Artémis étaient au pouvoir.

— Artémis, chaste déesse de la chasse et de la lune, ajouta Willow, que les faits bruts et froids rassuraient. On la connaît aussi sous le nom de Diane. Son temple était l'une des Sept Merveilles du monde antique.

Alex émergea de la cage, et les rejoignit à la table de travail :

— Dis-moi, Willow, quelle est l'étendue de l'encyclopédie que tu as dans le crâne et qui est pleine de choses inutiles qui ne servent à personne d'autre que nous ?

— On s'en tape, Alex. (Buffy regarda Giles.) Vous disiez…

— Euh, la population de la cité était animée par une

74

foi fervente en la sorcellerie, le démonisme et l'astrologie. Ils étaient esclaves de la superstition et de la peur qu'elle générait.

— Ça nous éclaire vachement, dit Alex.

Giles l'ignora.

— L'orage eut lieu quand une entité sans nom et ses quelques disciples défièrent la supériorité d'Artémis, la nuit de la naissance d'Alexandre le Grand. Si on en croit l'historien romain Plutarque, Artémis assistait à la venue au monde d'Alexandre et ne put pas protéger le monument qui symbolisait sa puissance.

— Tout ça concorde avec votre théorie d'une super-sorcière, pas vrai ? (Willow se rembrunit.) C'est pas qu'on tienne franchement à affronter une super-sorcière mais, bon, ça expliquerait certaines… choses.

— Il va me falloir faire des recherches plus poussées pour le déterminer, mais c'est en effet possible. (Troublé, Giles se rassit et croisa les bras.) Le temple d'Artémis fut réduit en cendres, un acte pyromane que l'histoire attribue à un dénommé Erostrate.

— Mais… fit brutalement Buffy.

Giles haussa les épaules et expira :

— Sachant que les gens de l'époque avaient besoin d'un coupable, il se peut qu'Erostrate ait été désigné comme fautif par la créature vaincue. Artémis garda son pouvoir sur la Terre pendant quatre cents ans encore.

— Mais où est le problème ? insista Buffy.

Giles la regarda droit dans les yeux :

— Si la manifestation de magie primitive que tu as vue ce soir n'était pas une anomalie, elle a donc été provoquée – délibérément.

— Par l'entité inconnue qui s'est attaquée à Artémis ? demanda Willow.

— Si la créature a été dormante ou a fait preuve

d'une surprenante retenue depuis deux mille ans, c'est une hypothèse envisageable, répondit Giles en fronçant les sourcils. Il est également possible qu'une sorcière étonnamment pleine de ressources mais bien moderne, elle, ait découvert comment se servir de la magie brute, bien qu'avec moins de pouvoir que son prédécesseur féminin il y a deux mille ans.

— Quelqu'un comme Crystal Gordon ? (Cette idée fit passer Willow du mode curiosité culturelle à celui de concentration inquiète.) Même si elle a un passé on ne peut plus ordinaire et aucun antécédent – en termes de magie, s'entend, ou même du côté de son casier judiciaire. Elle n'a pas été soupçonnée dans l'histoire du triple meurtre.

— Mais, en ce qui nous concerne, elle a bel et bien des antécédents. (Buffy fixa Giles.) Les bouffées de chaleur et les crises d'angoisse, ça vous rappelle quelque chose ?

— Suspect, mais pas probant, Buffy. (Gêné et agacé, Giles se leva et se massa la nuque.)

— Un triple meurtre ? C'est quoi, l'histoire ? demanda Alex.

— Ça s'est passé à Cleveland quand Mlle Gordon avait seize ans, répondit Willow.

— Alors, comment peux-tu savoir qu'elle est innocente ? demanda Alex. Ce n'est pas parce qu'elle n'a pas été interpellée par la police que ce n'est pas elle.

— C'est une vague possibilité, bien sûr, concéda Giles. Mais cela n'entre pas dans les paramètres des phénomènes inexplicables que nous recherchons.

— Le meurtre était atroce mais pas bizarre, commenta Willow. Il n'y a eu ni foudre rouge ni tours de magie.

— Ah oui. La foudre rouge, soupira Alex. Je ne sais pas pour vous, mais la perspective d'être la cible d'une électrocution aveugle risque fort de me faire passer quelques nuits blanches. On ne peut rien y faire ?

— Tant qu'on ne saura pas avec certitude de quoi il retourne, il n'y a pas grand-chose à faire, à part poursuivre nos recherches. (Giles les dévisagea l'un après l'autre par-dessus la monture de ses lunettes.) Nous ne devons surtout pas nous lancer dans une chasse aux sorcières sans preuve. Toutefois, il serait prudent d'éviter désormais de regarder Mlle Gordon droit dans les yeux.

Printemps de l'an 357 avant Jésus-Christ

Shugra parcourait seule les collines à l'extérieur de la cité. Elle savourait la brise venant du large et la chaleur du soleil couchant sur son dos, révoltée de savoir le monde naturel qu'elle avait connu et chéri depuis des millénaires en danger. Depuis sa dernière réincarnation, les hommes avaient précipité la destruction du monde à cause de leur besoin pathétique de réconfort moral et leur vénération erronée des immortels de l'Olympe.

Un soupir résigné lui échappa tandis qu'elle repensait au passé. Plus que les autres peuples qu'elle avait connus, les tribus celtes vivant sur la luxuriante île du Nord avaient véritablement respecté le monde réel, tuant seulement les bêtes dont ils avaient besoin pour subsister, et reconnaissant la dimension spirituelle de la nature, qu'elle soit animale ou végétale. Ils auraient toujours une place de choix dans son estime, même si leurs druides l'avaient condamnée à mourir par le feu à l'âge de six ans, suite à une de ses colères – qui avait provoqué, dans le ciel clair d'été, une chute de grêle ayant détruit les cultures et décimé le village.

Deirdre s'éveilla d'un sommeil profond et sentit un bol en bois collé sur sa bouche.

— Bois, chuchota le prêtre. Cela t'aidera à dormir.

Elle venait de se réveiller et elle était trop fatiguée pour discuter, mais pas assez fatiguée pour ne pas se débattre lorsque sa langue goûta le breuvage infect. Le liquide lui brûla la gorge, la faisant suffoquer. Elle cracha et lutta, mais ses parents lui tenaient les bras, et le prêtre la força à boire à travers ses dents serrées.

— Tu dois être punie, Deirdre. (La larme sur la joue de sa mère brilla dans la lueur d'une bougie.) Mais personne ne veut que tu souffres.

Deirdre hocha la tête sans comprendre. Son esprit s'engourdit et son corps devint mou.

Quatre cents ans plus tard, dans les collines à l'extérieur d'Ephèse, le souvenir de cette scène était toujours vivace. La petite fille précoce s'était ensuite réveillée en flammes et Deirdre, redevenue Shugra, s'était juré de ne plus jamais se faire piéger par le jugement d'une enfant. Avant d'entrer dans sa vie actuelle, elle avait tissé une protection autour de son essence immortelle et unique. Avec succès. Sélène, le nom sous lequel on la connaissait, n'avait pas réussi à invoquer ou à manipuler les forces des éléments de l'univers avant son Eveil.

Mais Shugra le pouvait – grâce à la force sans entraves de sa volonté – et elle savait désormais utiliser son pouvoir à d'autres fins que la simple vengeance ou pour manifester sa colère.

Shugra se tourna lentement pour regarder Ephèse. Elle ne sourit pas. Le monumental temple d'Artémis dominait la ville, sa façade de marbre blanc étincelant sous le soleil, sa taille intentionnellement écrasante attirant le regard. Tout comme ses semblables déifiés, Artémis pouvait recourir à la magie, mais elle préférait ne pas ternir son image divine en prenant une forme humaine, sauf pour satisfaire un caprice occasionnel – ce qui devenait alors une simple mascarade sans substance. Shugra n'avait pas le choix si elle voulait prendre le contrôle de la source de laquelle elle et tous les autres êtres surnaturels puisaient leur pouvoir. Une nature physique authentique était nécessaire pour mener cet objectif à bien, mais son enveloppe humaine présentait toutefois un inconvénient : son corps ne serait pas indestructible tant que la source et elle ne feraient pas une.

Et pour y parvenir, elle aussi avait besoin de disciples fidèles et humains.

— Alors, ça a marché ? demanda Willow en ouvrant son casier.

— Tu veux savoir si j'ai eu l'impression d'avoir la trachée bouchée ou des palpitations mortelles qui feront date dans l'histoire de la cardiologie ? (Buffy sourit.) Non, mais je n'ai pas quitté une seule fois mon bouquin des yeux.

— Donc, ça a marché… Je n'ai pas regardé non plus, mais bon, je n'avais pas eu de… problèmes avec elle. Bon, c'est bien alors.

Buffy haussa les épaules.

— C'est difficile à dire.

— Ouais, je comprends. On navigue un peu à vue, parce qu'on ne sait toujours pas si Mlle Gordon t'a juste fait un mauvais plan ou si… enfin, tu sais, quoi.

— J'aimerais bien savoir si c'est l'un ou l'autre.

— Moi aussi ! On devrait le découvrir… si on peut… parce que… je ne crois pas que tu sois cinglée, Buffy.

— Je ne crois pas non plus. Merci, Willow. (Buffy s'éloigna puis se retourna.) Au fait, tu ne vas pas aller chercher son livre, hein ?

— Euh, bien sûr. (Willow toucha l'amulette en cuir

cachée sous sa chemise. Mlle Gordon lui avait demandé de passer chercher l'ouvrage sur les Lois du Brehons pendant l'heure du déjeuner. Ce serait l'occasion parfaite de vérifier si la prof essayait de lui faire un plan bizarre.) Mais je porte un charme de protection, alors je me disais que…

— Non. (Le ton de Buffy était catégorique.) Giles nous a dit que les sortilèges ordinaires n'auraient probablement aucun effet sur une super-sorcière. Qu'elle en soit une ou pas, c'est pas la peine de prendre de risques. Allez, promets-moi que tu ne vas pas faire de bêtises, d'accord ?

— D'accord.

Willow hocha la tête. Le matin même à la bibliothèque, ils avaient discuté des contacts inévitables avec leur professeur d'histoire. Cordélia, qui se consacrait à la saisie des informations sur la base de données avec un sérieux louable mais surprenant, leur avait fait remarquer que tous leurs soupçons se fondaient sur des suppositions et qu'ils n'avaient aucune preuve directe. Buffy avait peut-être vraiment eu une crise d'angoisse parce qu'elle s'était sentie humiliée en cours, la foudre rouge n'était peut-être bel et bien qu'une anomalie, et ils s'inquiétaient donc sans doute tous pour rien.

Mais Giles estima que, si l'enseignante était une créature dangereuse avec un plan maléfique qu'ils ignoraient encore, il serait absurde de prendre des risques inutiles. Ils avaient donc suivi ses conseils et aucun d'eux n'avait croisé le regard de Mlle Gordon pendant le cours.

Crystal relut le mot du bibliothécaire expliquant qu'il avait besoin de l'aide de Willow Rosenberg pendant l'heure du déjeuner. M. Giles ne voulait pas qu'elle attende une élève qui ne viendrait pas comme prévu. Toutefois, si son emploi du temps le lui permettait, elle pouvait apporter le livre celte à Willow à la bibliothèque.

Comme c'est attentionné de sa part.

En temps ordinaire, Crystal ne se serait pas arrêtée sur les bonnes manières résolument britanniques de cet homme. Mais, à la veille du triomphe qu'elle avait tant attendu, et venant de la part du mentor de la Tueuse, elle se méfiait grandement de ce que cela présageait.

Si Crystal en croyait les histoires qu'elle avait entendues, il était indéniable que la réussite de Buffy pour empêcher que la ville soit infestée par les vampires et les démons était remarquable, et qu'elle avait une longévité exceptionnelle pour une Tueuse. Et si tel était vraiment le cas, Crystal n'osait pas écarter la possibilité que cette Tueuse soit hors du commun, et qu'elle ait des ressources qu'elle n'avait pas prévues.

Peut-être que ce qui liait Willow à Buffy était plus que de l'amitié, et que la relation que Rupert Giles entretenait avec les deux adolescentes dépassait le cadre scolaire. Elle n'avait pas cru bon de sonder les pensées du bibliothécaire pour le découvrir. Bien que l'assurance qui allait de pair avec la maturité de Giles fasse de lui un candidat inacceptable pour son projet, il avait des dispositions pour les sortilèges – dispositions qu'elle avait immédiatement identifiées mais aussitôt repoussées. Pour être efficace, il ne pouvait jeter des sorts sans intermédiaire et, de toute façon, son pouvoir n'était rien comparé aux forces qu'elle contrôlait. Il ne pouvait donc pas la menacer avec de la magie, mais elle n'avait pas envisagé qu'il contrecarrerait les intentions qu'elle avait au sujet de Willow.

Folle de rage, Crystal chiffonna le message et le lança. Le papier s'enflamma avant de toucher le mur et les cendres tombèrent en voltigeant. Contrariée de s'être laissée aller à la colère, elle respira profondément, les yeux fermés. Quand elle les rouvrit, M. Snyder se tenait dans l'encadrement de la porte.

— Quelque chose ne va pas, mademoiselle Gordon ?

— Non, non. (Cachant l'aversion que lui inspirait le petit homme arrogant, elle sourit.) Un rendez-vous annulé avec une élève. Rien de grave. Elle avait une excuse valable. A propos, est-ce vous qui avez proposé que des élèves travaillent à la bibliothèque ?

— *Travaillent* à la bibliothèque ? Vous plaisantez. La bibliothèque est un repaire de… (il hésita, se ravisant sur ce qu'il s'apprêtait à dire) … d'ignorants dissipés.

Souhaitant s'assurer de l'absence de complications imprévues, Crystal s'introduisit dans les pensées de Snyder. Elle fixa les yeux de fouine sans expression du proviseur, le débarrassa de ses inhibitions pour lui délier la langue, et lui dit doucement :

— Parlez-moi de M. Giles et de ses jeunes amis.

Cinq minutes plus tard, Crystal effaça le souvenir de cet entretien de la mémoire de Snyder, prit congé de lui et quitta un proviseur plutôt désorienté, en se demandant s'il aimerait vivre la vie d'une vraie fouine, un caprice qu'elle avait bien l'intention de satisfaire quand la Fusion serait achevée. Néanmoins, sachant que Snyder avait un pied de chaque côté de la barrière surnaturelle de Sunnydale, ses informations avaient été étonnamment rassurantes. Ni lui ni la créature diabolique qui dirigeait la ville n'avaient conscience de sa véritable nature, ce qui la récompensait des années de précautions et de préparatifs minutieux. Un seul contretemps à régler lui suffisait amplement dans l'immédiat.

Crystal parcourut les couloirs à la recherche de Willow. Il devenait urgent qu'elle sonde son inconscient. Tout comme elle l'avait fait avec les dix disciples qu'elle avait réunis jusque-là, Crystal devait trouver un stratagème pour donner envie à la jeune fille de se joindre au cercle des sorciers. C'était un impératif incontournable du rituel et, cela aussi, elle l'avait appris à ses dépens et trop tard à Ephèse.

Eté de l'an 356 avant Jésus-Christ

Shugra attendait sur une colline derrière le grand temple, dans une clairière jonchée de grosses pierres et entourée de broussailles, protégée par un mur d'air et nimbée de brouillard. Malgré sa discrétion, la nouvelle de son pouvoir s'était répandue et le nuage de brume la dissimulerait aux regards espions, qui ne pourraient ainsi ni voir l'étendue de son pouvoir, ni donner l'alarme avant qu'elle ne soit prête.

Bientôt, se dit-elle tandis qu'un homme avec une malformation au pied montait la butte en clopinant avant de s'écrouler à ses pieds.

— Apportes-tu des nouvelles d'Artémis ?

Il hocha vigoureusement la tête sans lever les yeux.

— Les prêtres disent que la déesse a quitté Ephèse pour assister à la naissance d'un grand guerrier.

— Parfait.

Shugra sourit. Artémis absente pour guider son culte, la destruction de son temple générerait le chaos parmi ses disciples humains, ébranlerait la détermination de ses fidèles et désarmerait ses officiels religieux. Plus rien alors ne se dresserait entre Shugra et la source.

Satisfaite de la mission accomplie par l'homme, Shugra se concentra sur le pied déformé qui l'affligeait depuis qu'il était né et le soigna.

— Reçois ma bénédiction et va rejoindre les autres.

L'homme étouffa le sentiment de respect mêlé de

crainte qui le submergeait et recula, ce qui fit sourire Shugra. Il connaîtrait la joie d'être entier pendant si peu de temps !

Elle le congédia et observa ses disciples qui entraient en file indienne par une brèche dans le mur d'air surveillé par Erostrate, son disciple le plus fidèle et son amant. Le temps que la foule de ses adorateurs se rassemble devant elle, Shugra réprima l'excitation à laquelle elle était en proie. Elle les avait soigneusement éduqués, conquérant leur adoration par de petites démonstrations de ses aptitudes pour ce qu'ils appelaient la magie noire. Leur loyauté reposait sur un respect doublé de crainte dont elle avait besoin pour atteindre la source et, hormis Erostrate, aucun d'entre eux n'avait conscience que, sans l'apparat de son art, elle pouvait tuer par la pensée ou détruire la cité en d'innombrables façons.

— Notre heure est venue ! (La voix de Shugra s'éleva dans l'obscurité, sans franchir la barrière d'air concentré qui les séparait de la cité.) Que mon nom soit enfin entendu !

— Shugra ! hurla la foule. Shugra !

Ils n'étaient que cent, mais l'intensité de leur ferveur était tangible, vibrant de leur désir ardent de renverser le culte d'Artémis et de régner sur Ephèse au nom de Shugra. C'était ce qu'elle avait promis et c'était ce qui serait – mais pas comme ses adorateurs exaltés l'envisageaient. Seul Erostrate conserverait son libre arbitre. Une fois la connexion établie, les âmes mortelles des autres disciples seraient absorbées par la source et à jamais asservies à la volonté de Shugra.

— Silence ! ordonna-t-elle. (Ils obéirent.) Chacun de vous doit se concentrer sur sa résolution et rassembler ses forces pour la prière.

Le troupeau se livra aux rituels familiers de la méditation.

— Nous attendons tes désirs, éternelle Shugra.

Erostrate s'agenouilla devant elle, tête baissée. C'était, en dehors de Chit, le seul humain qu'elle avait aimé en presque dix-sept mille ans de vies, de morts et de renaissances, et le seul homme qui lui avait jamais rendu son amour. Elle le savait avec certitude car elle pouvait sonder ses pensées. Il n'hésiterait pas à mourir pour la protéger et préserver le secret de sa vraie nature et de ses desseins. Sa présence comblait les espaces vides de la solitude de Shugra. Elle partagerait désormais son éternité avec lui.

— Lève-toi, Erostrate, et viens prendre ta place à mes côtés.

— Je suis à tes ordres, répondit Erostrate qui se redressa et, la tête haute, alla se placer à la droite de Shugra.

Elle leva les bras et regarda le ciel obscur. Le grand courant menant directement à la source était plus près que jamais. Il passait juste au-delà de l'invisible vent solaire et était tout particulièrement attiré par ce lieu et cette heure, du fait – selon elle – de la concentration de magie exercée et des puissantes entités de l'Olympe. Une fois la menace de la magie d'Artémis supprimée, la rivière serait attirée sur la Terre par son affinité unique combinée à l'intensité de la foi de ses disciples. Elle fusionnerait, comme au début – quand le Pouvoir rouge l'avait électrisée dans la vieille vallée – mais cette fois, son essence se dilaterait et se fondrait à la source, et elle deviendrait la maîtresse absolue de la magie.

Elle conjura le Pouvoir en s'exprimant dans sa langue primitive d'origine, dont elle amplifia les sons gutturaux pour que les mots retentissent :

— *Ssstat a'gar shu bur !*

La terre trembla et l'assemblée manifesta son respect craintif en s'agenouillant. Alors que tous les regards sans exception convergeaient sur elle, elle prit le contrôle des pensées de ses disciples. Au-dessus d'elle, le ciel ondulait sous l'effet des énergies qu'elle tirait du vaste courant. Elle tendit brusquement les bras et darda sur ses fidèles une centaine de petits éclairs qui imprimèrent sa marque dans leur chair, les assujettissant ainsi par le feu, et faisant d'eux un prolongement unifié de sa propre volonté.

— Quand ? demanda Erostrate, épargné, car le lien qui les unissait était plus fort que le feu.

Il se raidit en la voyant dissoudre le mur d'air et le brouillard. Le temple d'Artémis se dessina devant leurs yeux, dissimulant Ephèse à leur regard.

Le lendemain, il aurait disparu.

Du haut d'une terrasse du monument de marbre, un prêtre remarqua le rassemblement sur la colline et donna l'alerte.

— Maintenant.

Shugra déchaîna sa fureur.

Le ciel de nuit s'embrasa, parcouru d'éclairs rouges de magie brute qui s'abattirent sur le temple. En l'espace de quelques secondes, le faîte du colossal bâtiment était en flammes et s'affaissait, transformant l'intérieur du temple en un brasier. Tandis que les colonnes et les murs s'effondraient, des hurlements s'élevaient de ce havre soudain assailli par les vents, les pluies et une houle de la force d'un ouragan, mais ces cris étaient étouffés par le grondement du tonnerre. La terre trembla, éboulant les coteaux, pulvérisant les rues et engloutissant les maisons.

Des milliers de fanatiques dévoués à la déesse de la chasse et de la lune se ruèrent vers le temple. Des prêtres vêtus de toges blanches et armés d'amulettes et de potions issues de leur art inférieur décampaient, courant se mettre à l'abri.

Percevant la respiration saccadée et euphorique d'Erostrate dans les yeux sombres duquel l'exultation brillait, Shugra se déchaînait.

Enivrée par la férocité de sa propre fureur, elle ne remarqua pas le gigantesque rassemblement de fidèles d'Artémis avant que le chant rituel qu'ils psalmodiaient, simple murmure à peine audible dans le grondement des orages, ne télescope le courant et que la turbulence provoquée par l'impact ne la secoue.

Enveloppés dans des charmes de protection et répandant leurs potions magiques devant eux, les prêtres étaient à la tête d'une armée d'hommes résolus à venger leur déesse profanée. Ni leur foi en la magie noire, ni leur dévotion inconditionnelle à la divinité n'avaient été ébranlées. Quand ils invoquèrent le nom et la puissance de la déesse, des milliers de voix répétèrent l'incantation à l'unisson qui retentit dans la nuit, renforçant ainsi l'influence de la magie des prêtres.

Shugra chancela en sentant le courant se mouvoir, dévié par la force unifiée de cette marée humaine. La foudre rouge claquait et grondait autour d'elle, arrachée à son emprise par les prêtres et déchaînée.

— Que se passe-t-il ? demanda Erostrate d'une voix étranglée.

— Ce n'est pas encore gagné, répondit-elle d'une voix sifflante. (Elle renonça à l'ouragan de ses émotions et concentra ses énergies sur le courant dont elle avait été séparée, le retrouva et s'y brancha de nouveau. Shugra envoya l'onde puissante de la foi pure et captive de ses disciples dans l'infini et le courant se mit à refluer dans sa direction.)

Elle lutta pour maintenir en place l'immense flux sauvage face au pouvoir conjuré par les prêtres et renforcé par les affinités consolidées des fidèles d'Artémis, mais elle perdit son emprise sur la rivière quand les essences captives de ses fidèles commencèrent à se dissoudre.

Shugra regarda, accablée d'horreur, les disciples d'Artémis massacrer les siens, qui n'avaient plus de volonté et ne pouvaient pas se défendre. Elle n'éprouvait rien pour leurs vies perdues, car ils n'étaient que de simples outils. Mais il se passerait des siècles avant que le chemin menant à la source soit assez proche sur le plan cosmique pour pouvoir l'atteindre de nouveau, et elle pleurait l'occasion manquée d'acquérir l'immortalité sur Terre avec, entre les mains, toute la magie de l'univers.

Et elle perdrait Erostrate.

Toute à sa désolation, Shugra avait été prise au dépourvu quand les éclairs rouge sang de pouvoir primitif s'étaient soudain dirigés sur son amant. Les prêtres étaient incapables de conjurer le pouvoir brut de la magie primitive, mais ils étaient parvenus à exercer une forme de contrôle sur les forces qu'elle avait déchaînées sur eux. Et dans leur sagesse collective, ils avaient apparemment compris qu'il n'y avait aucun espoir de la tuer, et avaient attaqué son complice à la place. Seule la maladresse des efforts des prêtres pour dompter les forces sauvages avait épargné à Erostrate une combustion instantanée.

— Shugra ! (Prisonnier d'un filet d'éclairs mortels, il la regarda avec, dans les yeux, le reflet profond de sa douleur à elle.) Je ne te trahirai jamais.

Sans hésiter, elle dévia le courant des énergies fatales et les retourna contre elle-même. Pendant que son corps mourait, la violente magie se dissipa et remporta l'essence de Shugra dans la rivière pour qu'elle y pleure et attende.

Elle vivrait jusqu'à la fin des temps.

Mais elle n'aimerait plus jamais.

Crystal Gordon parcourait les couloirs du lycée de Sunnydale et le souvenir de cette nuit d'été à Ephèse était aussi net et douloureux que deux mille trois cents ans plus tôt. Erostrate ne l'avait pas trahie. Les prêtres crurent que la sorcière avait été détruite quand le maléfice s'était retourné contre elle, et ils avaient condamné son amant pour avoir incendié le temple d'Artémis.

Erostrate n'avait pas démenti leurs accusations et le nom de Shugra n'avait jamais plus été prononcé.

Bien qu'ayant essayé de se fondre à l'insaisissable source et échoué deux fois depuis Ephèse, elle n'avait jamais révélé sa véritable identité. Elle avait beaucoup appris de chacune de ses tentatives infructueuses, et elle ne répéterait pas les mêmes erreurs. Ayant juré de garder le secret et résolus à voir s'accomplir leurs désirs impossibles, les dix disciples qu'elle avait recrutés à Sunnydale ces deux dernières semaines ne parleraient pas.

La Tueuse, c'était une autre histoire.

Mettre Buffy à l'épreuve du Pouvoir avait été risqué mais indispensable, sachant que la date de la Fusion approchait. Même si elle était certaine que la Tueuse ne représentait pas une menace, il se pouvait que le singulier incident ait eu des répercussions requérant son attention immédiate.

Willow le saurait.

Crystal bifurqua dans le couloir au moment où Willow s'arrêtait devant les toilettes en face de la cafétéria pour parler à Cordélia Chase.

— Tu veux bien dire à Giles que j'arrive, Cordélia ?

Les yeux de Cordélia lancèrent des éclairs :

— Tu vas à la bibliothèque ?

Crystal s'adossa contre un mur pour écouter, et se mit à feuilleter son carnet de notes comme si elle cherchait quelque chose.

— Ben… oui. Pourquoi ? demanda Willow d'une voix étranglée. Il est arrivé quelque chose ?

— Pas que je sache, mais je dois utiliser l'ordinateur.

— Oh. (Willow tressaillit, surprise.) Pourquoi ? C'est que, d'habitude, tu ne t'impliques pas vraiment dans… tu sais quoi…, et cet intérêt soudain de ta part est juste… un peu bizarre.

— T'as besoin d'utiliser l'ordinateur ou pas ? demanda Cordélia, exaspérée.

— Pas tout de suite.

Cordélia s'éloigna en hâte. Willow haussa les épaules et pénétra dans les toilettes.

Crystal la suivit. Le cercle des sorciers devait être au complet avant le lendemain soir. Un autre des avantages de l'attraction du grand courant vers la Bouche de l'Enfer était d'avoir sous la main des adolescents rebelles et influençables, avec des dispositions au-dessus de la moyenne pour la magie. Elle aurait préféré un sujet moins proche de Giles et de la Tueuse, mais les aptitudes de Willow étaient trop grandes pour qu'elle y renonce. De plus, elle avait déjà du mal à trouver un douzième initié adéquat.

Willow était en train de se laver les mains lorsqu'elle entendit le bruit de la porte qui se refermait ; elle leva les yeux, et les écarquilla.

— Mademoiselle Gordon ! Je suis, euh… j'étais justement…

Elle s'arrêta subitement de parler, effrayée.

Dans la fraction de seconde qu'il fallut à la jeune fille pour détourner le regard, Crystal força un charme de protection impressionnant mais insuffisant, et investit les pensées de Willow.

90

En sondant son inconscient, elle découvrit que le bibliothécaire se doutait – mais n'en était pas absolument certain – que la foudre rouge était le fruit de la magie primitive. Il ne connaissait de toute évidence pas sa véritable nature ni ses intentions, bien qu'il ait conseillé à la petite bande de se méfier d'elle. La Tueuse se posait des questions sur sa santé mentale – résultat direct de son intervention.

Et le moyen de rallier Willow à sa cause était évident.

Craignant d'être vue avec la jeune fille, Crystal implanta rapidement un ordre dans son subconscient. Willow devait s'engager à participer au rituel de son propre gré, mais elle devait s'isoler de l'influence de Giles pour prendre cette décision. L'ordre servait juste à optimiser les conditions dans lesquelles Willow ferait son choix.

Quand Anya te le demandera, tu la suivras.

Après avoir effacé son passage de la mémoire de l'adolescente, Crystal sortit, sûre que Willow ne serait pas capable de résister à sa proposition.

Légèrement étourdie, Willow ferma le robinet et s'essuya les mains. Elle se précipita à la bibliothèque, impatiente de savoir pourquoi Cordélia convoitait l'ordinateur.

CHAPITRE VI

La pleine lune se levait et, dans une autre ville, cette
soirée paisible et fraîche aurait été idéale pour une promenade. Buffy, qui passait devant le cimetière de
Shady Hill n'était cependant pas dupe de cette apparente normalité.

Elle était vigilante, mais ce n'était pas les vampires
qui la préoccupaient le plus ce soir-là. A part la vague
référence à la foudre rouge trouvée par Giles, il ne
s'était rien passé d'extraordinaire pendant la journée.
Cordélia avait probablement raison – même si c'était
dur à avaler. Ils étaient peut-être tellement habitués à
tomber sur des imposteurs démoniaques à tous les
coins de rue qu'ils voyaient des phénomènes diaboliques partout. Ils n'avaient aucune preuve tangible, et
c'était la raison pour laquelle Buffy était retournée à
Shady Hill.

Elle laissa passer une voiture et courut jusqu'à
l'endroit où la foudre rouge avait calciné le malheureux
automobiliste. Ses cendres avaient été enlevées par la
police et, selon un rapport paru dans la *Gazette* de
Sunnydale, sa mort aurait été officiellement attribuée à
une combustion spontanée. Cela en avait peut-être
laissé quelques-uns sceptiques, mais ce n'était pas allé
plus loin. Affaire close. Buffy examina la chaussée et se
dit que le fait que le bitume n'ait pas été brûlé du tout

semblait ne préoccuper personne, signe révélateur du manque de curiosité typique des habitants de Sunnydale. Cela donnait en revanche du poids à la théorie de magie libre de Giles.

Elle retourna à la porte du cimetière et, entendant un pas traînant derrière elle, sortit son pieu avant de se retourner. *Ce n'est pas un vampire.* Elle se retrouva nez à nez avec une Kari stupéfaite, et elle haussa les épaules l'air embêté, en faisant disparaître M. Pointu derrière elle.

— Désolée, Kari. Je croyais que c'était quelque chose d'autre.

— Ah bon.

Kari hocha la tête et essaya de la pousser pour passer. Buffy lui bloqua le passage.

— Tu sais, ce n'est pas franchement un quartier sûr pour se promener seule le soir.

— Je sais, mais… Je ne vais pas très loin. (Sur la défensive, Kari croisa les bras.) T'inquiète.

— Eh bien, en fait, si. (Buffy la poussa et décocha un habile coup de pied dans la mâchoire d'un vampire vêtu d'un complet crasseux.) Hé, on discutait là.

Kari poussa un cri perçant et se mit à courir. Une femme vampire d'âge mûr – genre ménagère négligée d'un milieu modeste – sauta par-dessus le mur du cimetière et plaqua Kari au sol au moment où le vampire s'élançait à nouveau sur Buffy en rugissant. Celle-ci mit sans peine un terme à leur entrevue en lui assenant un coup de pieu dans la poitrine. Avant même que les cendres du vampire aient touché le sol, Buffy avait empoigné la tignasse sale et emmêlée de la femme, permettant ainsi à Kari de se dégager. La vampire se retourna en grondant et en montrant les crocs.

— Hé, madame. Je vais vous donner un conseil de beauté, dit Buffy.

Elle lui sourit et planta son pieu dans le tonneau qui servait de corps à la vampire. Cette dernière explosa, et la Tueuse souffla sur la pointe de son arme avant de l'enfouir dans sa poche.

Kari était à genoux, et se balançait en pleurant. Son tee-shirt était déchiré et un lambeau de tissu pendait sur son épaule.

— Viens, Kari. Je vais te raccompagner chez toi. (Buffy se pencha pour l'aider à se relever et vit alors, dans le creux juste au-dessus de la clavicule, une marque rouge sur la peau de la jeune fille. Au premier abord, elle pensa que Kari avait été éraflée par les crocs de la vampire. Puis elle réalisa qu'il s'agissait d'une brûlure.) Qu'est-ce que c'est que ça ?

— Rien ! (Kari lui lança un regard furieux, retira brusquement son bras et rabattit le morceau de tee-shirt sur la brûlure en se levant d'un bond.) Faut que j'y aille.

Elle se retourna et se sauva à toutes jambes.

— De rien, grommela Buffy qui lui emboîta le pas en courant. (Elle garda ses distances, préférant la suivre de loin plutôt que de la rattraper. Elle se demandait où Kari pouvait bien aller et ce qui pouvait bien justifier qu'elle risque sa peau pour s'y rendre.)

La marque que portait Kari était un symbole qui avait une signification. Et, à bien y réfléchir, la studieuse Kari traînait depuis peu avec plusieurs adolescents – dont Anya et Michael – qui n'avaient rien en commun, à part un intérêt fervent mais différent pour la magie noire, et qui faisaient des pieds et des mains pour que Willow devienne leur amie.

Kari bifurqua subitement à droite et disparut dans les bois. Buffy accéléra pour la rattraper, puis ralentit lorsqu'elle la vit remonter une longue allée en terre battue qui menait à une petite maison dissimulée par les arbres. Kari était essoufflée et se tenait le ventre, mais elle continuait d'avancer vers les fenêtres éclairées, seule source de lumière visible dans les bois sombres et denses.

Plusieurs voitures étaient garées le long du trottoir, trop nombreuses pour toutes appartenir aux habitants des quelques maisons de l'autre côté de la rue. Les terrains boisés de ce côté-ci de la ville se trouvaient à l'orée d'une grande forêt. La moitié des lampadaires ne fonctionnaient pas, et la lune n'était pas assez haute pour donner suffisamment de lumière.

Buffy remonta l'allée sur le côté, tapie derrière les arbres et les buissons.

Kari gravit péniblement les marches d'un vaste porche et frappa à la porte. Le porche fut éclairé le temps qu'elle se rue à l'intérieur, et il retomba dans l'obscurité lorsque la porte se referma derrière elle. A moins d'avoir oublié sa clé, Kari n'habitait manifestement pas là. Buffy ne savait pas à qui appartenait la maison, mais elle aurait parié un seau d'eau bénite que Kari Stark n'était pas la seule à s'être risquée à traverser la jungle des vampires pour s'y rendre.

Utilisant les fenêtres pour se guider, Buffy s'approcha de la maison en circulant entre les arbres. Toutes les lumières de la maison s'éteignirent soudain. Buffy s'arrêta et regarda autour d'elle. L'obscurité était totale.

Parfaitement immobile, elle réfléchit à la situation. De toute évidence, les occupants de la maison ne souhaitaient pas être observés, et cela renforçait son intention d'en savoir plus. Malgré l'absence totale de lumière, elle parvint à se repérer par rapport à sa position avant l'extinction des feux. La maison se trouvait sur sa gauche à moins de cent mètres devant elle, et la rue était à environ cinquante mètres derrière elle.

Les mains tendues pour écarter les branchages,

Buffy avança à pas de loup. Quand elle estima qu'elle devait se trouver à trois ou quatre mètres de l'allée, elle compta ses pas. Quand elle ressortit des arbres, elle s'accroupit et toucha le sol. Reconnaissant la surface de terre, elle se mit à quatre pattes et commença à ramper vers la maison.

Elle eut l'impression que la sinistre obscurité s'épaississait à mesure qu'elle remontait l'allée à tâtons. L'air devint plus lourd, et il lui était difficile de respirer et de se déplacer, comme si la structure moléculaire de l'atmosphère était condensée pour entraver sa progression. Respirant lentement et profondément, elle continua à avancer, au ralenti, jusqu'à ce qu'elle se heurte à un buisson de plantes rampantes et épineuses. Elle supposa que, n'y voyant absolument rien, elle s'était écartée de l'allée. Elle dévia sur sa gauche mais l'enchevêtrement de ronces s'étendait en travers du chemin et lui barrait le passage. Elle entreprit de revenir sur ses pas, mais l'endroit d'où elle venait était envahi de plantes rampantes.

C'est bon, j'ai compris, se dit Buffy, dépitée, en s'efforçant de reculer sans bruit vers la rue. Elle ne fut pas particulièrement surprise de ne trouver aucun obstacle derrière elle. Lorsqu'elle distingua une faible lueur à l'embranchement de la rue et de l'allée, elle se leva et se dirigea vers la lumière. Les forces à l'œuvre dans la forêt n'étaient pas naturelles, mais ses seules facultés de Tueuse ne pouvaient rien contre les panneaux « Entrée interdite » invisibles et magiques. Elle avait besoin des lumières de Giles et de Willow sur les sortilèges pour parer aux effets de la magie.

Toutefois, la balade avait été payante. Elle voulait des preuves tangibles et elle en avait trouvé. Une chose ou un être démoniaque s'était bel et bien installé – ou installée – dans les bois.

Alex feuilleta l'édition de 1784 de *Sorciers : Compendium biographique*, en se demandant si l'auteur avait délibérément essayé de rendre ses comptes rendus ennuyeux. Derrière lui, le loup-garou grondait et tapait dans la porte de la cage. Le velu ne passait visiblement pas un bon vendredi soir non plus.

— Mais enfin ! Faites *quelque chose* pour qu'il arrête, protesta Cordélia, assise devant l'ordinateur. Je n'arrive pas à me concentrer avec ce boucan.

— Je vais essayer de le raisonner.

Alex se leva et jeta un coup d'œil à la pendule en s'étirant. Cela faisait une demi-heure que Willow avait appelé pour dire qu'avant de revenir à la bibliothèque elle s'arrêterait au DRAGON'S COVE MAGICK SHOP. Elle était certaine que son charme de protection avait tenu Crystal Gordon à distance, et que c'était la raison pour laquelle celle-ci n'était pas venue lui reprocher – ou pire – de ne pas être retournée la voir dans sa classe. Et, de ce fait, Willow voulait préparer en vitesse une amulette de protection pour chacun d'eux. Bonne idée, mais mauvais moment de la journée. Willow avait tout de la sorcière moderne avec ses poches débordant d'eau bénite et de crucifix, mais il faisait nuit.

— Je devrais peut-être aller voir ce que fait Willow, dit Alex en évitant le regard furibond de Cordélia.

— Oui, vas-y, s'il te plaît. (Giles se détourna de la pile de livres et de papiers étalés devant lui et se cala dans son fauteuil.) Nous aurions bien besoin de son aide. Il doit y avoir d'autres références à la magie brute et à ses propriétés. Nous les trouverons si nous sommes assidus.

Alex promena son regard sur les centaines d'ouvrages dans les rayonnages et hocha la tête :

— Et au rythme où on avance avec notre méthode de

recherche page à page et tatillonne, il va nous falloir quelques années pour savoir s'il n'y en a *pas*.

— Hum, oui… C'est bien pour cela que nous avons besoin de la base de données des Tueuses, non ?

— C'est pour moi que vous dites ça ? s'emporta Cordélia. Vous savez, ce n'est pas facile. Je tape aussi vite que je peux.

— On a remarqué, répliqua Alex, pince-sans-rire.

— Non, je ne disais pas cela pour toi, Cordélia. Continue à… taper. (Giles commençait à perdre patience. Il regarda sa montre.) Je pensais que Buffy arriverait plus tôt que cela… (Son regard se dirigea soudain vers la porte.) Alex, intrus à l'horizon. Interception. Rapidement, s'il te plaît.

Alex se rua sur la porte au moment où Anya la poussait, talonnée par Michael. Oz ne recevait pas de visites dans son état actuel – seulement connu des rares élus sur lesquels il comptait pour que sa transformation mensuelle reste secrète.

— Hé, salut Alex !

Alex attrapa Anya par le bras et l'entraîna à l'extérieur avant même qu'elle ait eu le temps de manifester sa surprise. Michael fit volte-face et les suivit.

— Désolé, mais la bibliothèque est fermée à cette heure-ci.

— Qu'est-ce que tu fais là, alors ? riposta Anya d'un air renfrogné. Tu t'es réconcilié avec Cordélia ?

— Je ne crois pas que le mâle d'une veuve noire vive assez longtemps pour se réconcilier avec elle, répondit Alex avec un sourire crispé. (En dépit de son aversion pour les ex-démons méprisant les hommes, il lorgna furtivement son petit gilet déboutonné pardessus un débardeur à fines bretelles.) Alors… qu'est-ce qui vous amène ?

— On cherche Willow, répondit Anya qui se

retourna subitement pour jeter un coup d'œil par la petite fenêtre ronde du battant gauche de la porte.

— Je l'ai vue cet après-midi et elle m'a dit qu'elle serait ici ce soir, dit Michael.

— Elle n'est pas là. (Alex regarda par la fenêtre de droite. De l'endroit où ils se trouvaient, on ne voyait ni l'intérieur de la cage et son occupant insolite, ni Willow.) Satisfaite ?

— Ouais. (Anya recula en soupirant. Son gilet s'ouvrit quand elle se pencha vers lui.) Tu ne saurais pas où elle est ?

— Là, tout de suite ? Non. (Alex s'efforçait de ne pas regarder le décolleté d'Anya, mais sa volonté et sa libido n'étaient pas sur la même longueur d'onde. De toute façon, au lieu de se rincer l'œil, il entrevit une petite plaie à vif sur l'épaule d'Anya.) Aïe aïe aïe ! Qu'est-ce qui t'est arrivé ? Tu donnes dans le sado-maso ?

— Quoi ? (Elle suivit son regard et remonta prestement son gilet pour dissimuler sa blessure.) Je… euh… je ne sais pas encore très bien me servir d'un fer à friser.

— C'est un truc pour les vioques ça, non ?

— Elle est chez elle ? (L'énigmatique Michael, d'ordinaire si silencieux, se montrait carrément pressant.)

— Quand je lui ai parlé, il y a quelques minutes, elle y était. (Alex était perplexe. La veille, au BRONZE, il était persuadé qu'Anya se servait de Willow pour se rapprocher de lui. Ce n'était manifestement pas le cas, ce qui le soulageait – mais pas tant que ça finalement. Si Anya s'était mise à le draguer pour de bon, il aurait pu être tenté de guérir son ego ravagé de mâle et ce, en dépit du bon sens – qui, chez lui, se détériorait à une vitesse alarmante sous l'effet du parfum. Le plus inquiétant était toutefois qu'Anya cherchait vraiment à se rapprocher de Willow.)

— Pourquoi ? ne put-il s'empêcher de demander.

— On se disait juste qu'elle avait peut-être envie de sortir. C'est vendredi soir quand même, répondit Anya en souriant. Allez, viens, Michael.

Ils s'éloignèrent et Alex rentra dans la bibliothèque.

— Anya cherche Willow. Cordy, j'ai sérieusement besoin de ta voiture.

— Non ! Tu ne peux… (Cordélia eut un sursaut suivi d'une hésitation.) Elle est, euh, au garage. Sérieux.

— Elle cherche Willow ? (Giles avait l'air interloqué.) Ce qui signifie ?

— Ce qui signifie nous devoir la trouver très vite, intentions Anya diaboliques. Je sais qu'on s'est focalisés aujourd'hui sur la théorie méchante-sorcière-de-Cleveland, mais Anya se trouve en assez bonne position sur ma liste des démons privés de leurs droits et prêts à tout pour les récupérer. (Il claqua des doigts.) Le van d'Oz. Où sont ses clés ?

Giles et Cordélia regardèrent en même temps les vêtements bien pliés posés sur le meuble de classement à l'intérieur de la cage. Interprétant mal leur regard, le loup-garou crut bon de martyriser ses couvertures en loques.

— Mouais. Ça justifie quand même pas de sacrifier un bras. (Alex tendit la main.) Bon, Giles, vous savez qu'il faut vraiment que ce soit important pour que je prenne le risque d'être vu au volant de ce tas de boue que vous appelez une voiture.

— Oui, il semble raisonnable d'aller la chercher, mais je doute que, quoi qu'il arrive, Willow fasse à nouveau confiance à Anya. (Giles extirpa ses clés de sa poche et les lança à Alex.) Essaye de trouver Buffy au passage, tu veux ?

— Ça roule.

Alex se sauva en courant. Même en tenant compte des humeurs de la vieille Citroën, il pourrait être revenu avec Willow avant qu'Anya et Michael aient réalisé qu'elle n'était pas chez elle.

— Il vous fallait autre chose, mademoiselle ? demanda le vieil homme à Willow en plissant les yeux derrière ses lunettes à double foyer. Je ferme dans vingt minutes.

Willow lança un regard rapide aux sacs en plastique sur le comptoir, refusant d'être bousculée par le dernier propriétaire en date du DRAGON'S COVE MAGICK SHOP, qu'elle surnommait Grincheux. Pas devant lui, bien sûr. Elle ignorait son nom, mais il était vraiment revêche.

— Deux bouteilles d'eau bénite et ça sera tout. (Willow lui sourit gentiment, ce qui eut le résultat escompté. A savoir aucun résultat.)

— Maudits gamins, bougonna le vieux schnock, qui se dirigea d'un pas mal assuré vers le présentoir de fioles à l'autre bout du magasin.

— Salut, Willow ! On t'a cherchée partout.

Anya entra en coup de vent. Michael la suivait de près, son épais maquillage impeccable :

— On a appelé chez toi, mais tu n'y étais pas.

— Comment saviez-vous que j'étais ici ?

Les tentatives récentes – et presque désespérées – d'Anya pour passer outre leurs querelles passées ne réjouissaient guère Willow. Elle ne lui faisait pas confiance.

Grincheux revint avec les bouteilles d'eau bénite et les ajouta à la note.

— On venait juste de quitter la bibliothèque et on t'a vue par la vitrine en passant. (Par-dessus l'épaule de Willow, Anya regarda les articles que le vieil homme plaçait dans un sac.) T'as l'intention de concocter des charmes de protection ou je me trompe ?

— Ça fait trente-huit dollars et soixante-seize cents.

Willow le paya, empocha sa monnaie et prit son sac. Elle ignora Anya, fit un sourire à Michael et s'apprêtait à sortir quand elle s'arrêta, assaillie par une horrible pensée. Et si Anya projetait d'utiliser Michael pour récupérer son médaillon magique ? Il refuserait certainement – mais peut-être pas. Quand Amy était devenue un rat, il avait perdu sa meilleure amie et la seule personne qui le comprenait vraiment. Il était vulnérable et Anya en profitait. Il fallait vraiment que Willow parle à Michael – seule.

— Willow, attends. (Anya la rejoignit et ouvrit la porte.) On va à une fête. Tu veux venir ?

L'idée de refuser n'effleura pas Willow. Elle suivit Anya et monta dans sa voiture.

CHAPITRE VII

Buffy fit irruption dans la bibliothèque comme une folle.

Cordélia sortait du bureau de Giles avec une tasse de thé à la main et le plein de vannes aux lèvres. Elle lui jeta un œil critique avant de lancer :

— Ça te va bien cette allure tas de fumier. Ça te donne un petit look de Tueuse insouciant, genre je me tape de ce que pensent les autres.

Buffy enleva une branche d'épines de ses cheveux et frotta ses vêtements pour en ôter des feuilles et de la terre, mais elle s'abstint de lui faire une réponse désobligeante – qui entraînerait juste Cordélia vers de nouveaux sommets de créativité méprisante.

— Et par-dessus le marché, t'en mets partout. (Secouant la tête, Cordélia se dirigea d'un pas nonchalant vers le bureau et s'installa devant son écran.) Giles, juste pour qu'il n'y ait pas de malentendus, je vous rappelle que mes prestations de service ne comprennent pas le ménage.

— Quelles prestations de service ? demanda Buffy en s'asseyant. (Tout en continuant à extirper des bouts de ronces de son pantalon, elle jeta un coup d'œil dans la cage. Le loup-garou ronflait, couché en boule.)

Cordélia ignora la question de Buffy et lança un regard d'avertissement à Giles :

— On est d'accord ?

— Bien sûr. (Giles soupira et se mit à nettoyer ses lunettes, un rituel qui paraissait le calmer dans les moments de stress.) Il semblerait que tu te sois colletée avec quelques vampires ce soir, Buffy.

— Deux. Mais c'est de m'être colletée avec les bois qui a flingué mes fringues. Je suis sûre que ça va vous intéresser, mais je prendrais volontiers un thé d'abord.

Elle allait se lever mais Giles lui fit signe de rester assise :

— Je m'en occupe.

— Merci. Je pensais que Willow serait là. Je sens qu'on va avoir un bon gros travail de recherches à faire.

— Alex est parti la chercher, répondit Cordélia. Avec la voiture de Giles. Cela prendra peut-être un moment. Je peux aider à quelque chose ?

— Peut-être. (Buffy griffonna l'adresse de la maison dans les bois et la tendit à Cordélia.) Si tu peux trouver le nom de la personne qui habite là. Personnellement, je miserais sur Kari Stark ou Crystal Gordon.

— Je crois que Willow a l'adresse de Mlle Gordon quelque part là-dedans. Il faut juste que je la trouve. (Cordélia fit une grimace et cliqua sur la souris.)

Giles tendit à Buffy une tasse de thé et se rassit :

— J'avance à tâtons, Buffy. J'ai bien peur que nous n'ayons pas beaucoup progressé côté recherches.

— Moi aussi, j'ai avancé à tâtons. (Buffy avala une gorgée de thé.) Et il ne s'agit pas d'une image.

Buffy raconta ce qui lui était arrivé. Giles l'écouta sans l'interrompre jusqu'à ce qu'elle décrive la prolifération des plantes rampantes :

— Es-tu absolument certaine que tu étais dans l'allée ? On est facilement désorienté dans l'obscurité, et particulièrement dans un endroit boisé.

— J'en suis sûre. Comme je suis sûre que ces horribles plantes rampantes poussaient devant moi et autour de moi pour m'empêcher de m'approcher de la maison.

— C'est fascinant. (Giles remit ses lunettes pendant que Buffy faisait un petit croquis de la brûlure qu'elle avait vue sur l'épaule de Kari.) Le symbole de l'infinité.

Buffy hocha la tête :

— Kari a essayé de me faire croire que ce n'était rien, mais elle était verte que je l'ai vue.

Giles prit le croquis et l'examina.

— Le symbole est un peu trop simple pour y voir une signification démoniaque.

— Avancez toujours une hypothèse, demanda Buffy d'une voix pressante.

— L'infinité signifie plus que probablement illimité ou éternel, mais je serais bien incapable de dire à quoi cela se réfère. Le cercle pourrait sans doute être interprété comme le signe de l'accomplissement. (Giles haussa les épaules.) Parfois il représente simplement un groupe de personnes partageant un intérêt commun.

— Bah, ça collerait. Si Crystal Gordon trie sur le volet des jeunes avec quelque chose en commun pour… quelque chose. Alors, ça donne quoi, cette adresse, Cordélia ?

— C'est moyen. Il y a trois Stark dans l'annuaire électronique, mais aucun n'habite près de Shady Hill. Crystal Gordon n'habite pas à Sunnydale depuis assez longtemps pour être répertoriée, et je ne trouve pas le fichier de Willow.

Cordélia jeta un regard furtif à Giles, qui eut un mouvement de recul.

— Je pense que nous ferions mieux de ne pas toucher aux fichiers de Willow, vois-tu.

— C'est quand même pas la cata, commenta Buffy. Maintenant, on sait que Kari n'habite *pas* là-bas.

— Oh, attendez ! Les renseignements ont des informations à jour. (Cordélia prit son sac à main et eut un moment d'arrêt. Quand elle se leva, elle surprit le regard étonné de Buffy.) Il y a un téléphone en parfait état de marche dans le bureau de Giles. J'en ai marre de financer vos histoires.

— Il y avait d'autres personnes dans la maison ? demanda Giles à Buffy.

— En fait, je n'ai vu personne, mais depuis quelque temps Kari est très copine avec Joanna Emidy et Winston Havershem. Ainsi qu'avec Michael et Anya, entre autres.

Cordélia s'arrêta devant la porte du bureau :

— Une pom-pom girl, une tête, un fan de hard rock, un sorcier et une ex-entité prête à tout. Excusez-moi de relever une évidence, mais ils n'ont *rien* en commun.

— C'est bien ce qu'il me semble, rétorqua Buffy. Mais il y a un truc qui les rapproche, et ce ne sont pas les devoirs.

— Willow…, dit Giles d'un air renfrogné. Anya et Michael sont passés tout à l'heure, ils la cherchaient. Sachant que Willow n'apprécie pas beaucoup Anya, je ne me suis pas inquiété, mais Alex a insisté pour aller la chercher au plus vite.

— C'est une bonne chose, à mon avis. (Buffy commençait à reconstituer le tableau.) Michael et Anya savent que Willow est une sorcière.

— Ce qui sous-entend que leur dénominateur commun à tous pourrait bien être la magie.

— J'assure comme une bête ! (Cordélia revint, tout sourires.) Mlle Gordon est sur liste rouge, mais c'est bien son adresse.

106

Buffy observa Giles. Elle voulait connaître son opinion sur les preuves qui s'accumulaient et qui tendaient à indiquer que Crystal Gordon était une sorcière.

Les yeux fixés sur le bureau, le bibliothécaire réfléchissait tout haut :

— La manipulation des éléments naturels – comme les plantes – relève bien de la sorcellerie, de la magie noire en particulier. Sachant cela, il se peut que le symbole de l'infinité représente une magie illimitée. Si la foudre rouge que Buffy a vue hier était de la magie *primitive*, ce que j'ai tendance à croire…

— Qu'est-ce qu'il y a ? demanda Buffy en voyant l'expression de Giles s'assombrir.

— Tu as bien dit que le symbole de Kari était brûlé sur sa peau ? Comme une marque ?

Buffy acquiesça d'un signe de tête et Giles se leva soudain.

— Quoi ? demandèrent Buffy et Cordélia en chœur.

— La transmission des récits des cultures primitives reposait sur la tradition orale. Un nombre étonnant de ces récits anciens dépeignent des jeunes filles douées d'immenses pouvoirs, mais toutes ces histoires présentent une similitude troublante, quels que soient l'époque, le continent ou la culture d'où elles viennent. (Il avait les yeux braqués sur la cage et sur sa collection de livres rares.)

Buffy suivit son regard. Le loup-garou était réveillé et les fixait d'un air furieux.

— On ne peut pas l'endormir ou un truc comme ça ?

— Cela ne sera peut-être pas nécessaire. (Giles, fébrile, faisait les cent pas.) Si mes souvenirs sont bons, un prêtre de la cour de Ramsès II fut à l'origine de la mise à mort d'une jeune sorcière qu'il croyait être la réincarnation d'une jeune fille reliée à la source primitive de magie depuis des milliers d'années. Elle marqua ses disciples, ce qui lui permit de les dominer entièrement : leur corps, leur esprit et…

Alex entra en trombe, essoufflé et paniqué :

— Willow est allée à une fête avec Anya.

— Et elles ne t'ont pas invité ? demanda Cordélia.

Buffy se leva d'un bond :

— T'es sûr ?

— Ouais. Je suis arrivé au DRAGON'S COVE au moment où ça fermait. Le vieux schnock qui tient la boutique les a entendues parler. (Le regard d'Alex tomba sur le croquis de Buffy.) Je suppose que le fait qu'Anya ait une brûlure exactement comme celle-ci ne doit pas être une coïncidence.

— Mon Dieu ! (Giles se rua vers son bureau.)

La végétation s'écartait devant Crystal qui, à la tête de son cortège de jeunes disciples, s'enfonçait dans les bois. Le cercle de sorciers était presque au complet.

— Tu crois qu'elle peut vraiment me rendre belle et populaire ? chuchota Rébecca Sullivan, impressionnée.

— Si c'est ce que tu veux, répondit Kari.

— Elle sait faire marcher les arbres et geler la pluie, dit Joanna. On l'a vue. C'était super-bizarre mais trop génial. Elle peut faire tout ce qu'elle veut, et elle nous donnera tout ce qu'on veut.

— Et toi, Joanna, qu'est-ce que tu peux bien demander ? s'enquit Rébecca. Tu es déjà jolie et tout le monde t'aime bien.

— Ouais, mais demain soir, quand Crystal aura fini son rituel, je serai également intelligente. Et je serai capable de faire du sport sans jamais me fatiguer. Je vais avoir un corps mince et athlétique jusqu'à la fin de mes jours, mais plus jamais de courbatures.

— Je suis trop contente que Crystal m'ait écoutée et

t'ait choisie aussi, Rébecca. (Le ton de Kari était sincère.) Je ne voulais pas t'ignorer, mais personne, vraiment *personne* en dehors du cercle, ne doit savoir que Crystal est une sorcière.

— Ni que nous le sommes. (Joanna s'arrêta.) Que nous le serons.

Crystal sourit. Les dispositions de Rébecca pour la magie étaient médiocres mais, du fait de son envie désespérée de faire partie de l'élite adolescente, elle était facile à satisfaire et à manipuler. La jeune fille mal dans sa peau n'aurait normalement pas été une initiée acceptable, mais le manque de temps ne lui avait pas laissé le choix. Les insuffisances de Rébecca seraient compensées par les aptitudes de Willow, dont le potentiel était de loin supérieur à celui des autres.

Les deux jeunes filles lui appartiendraient bientôt.

L'ordre qu'elle avait placé dans le subconscient de Willow se dissiperait une fois qu'elle arriverait à la clairière, où elle serait coupée de toute interférence extérieure. Si Buffy essayait de la suivre, elle en serait à nouveau empêchée – mais cette fois, par des forces plus virulentes que quelques plantes épineuses.

Il n'importait plus que la Tueuse ait découvert le nouveau pouvoir installé sur son territoire. Une fois que Willow aurait prêté serment, le cercle serait fermé et impénétrable.

— Qu'est-ce qui va se passer ? demanda nerveusement Rébecca.

— Rien d'inquiétant, dit Alicia. Une petite cérémonie d'initiation et après…

— On fait la fête. (Joanna rit tout bas.)

En entendant les chuchotements d'excitation des neuf qui la suivaient, Crystal se souvint d'un autre cercle qu'elle avait fondé à Memphis pendant le règne de Ramsès II.

Shugra sourit, savourant le spectacle que ses paroles et ses gestes dénués de sens provoquaient. Les six filles qu'elle avait choisies la regardaient, émerveillées, exécuter sa magie. Elle avait fait surgir une oasis là où il n'y avait que du sable.

— *Tah gru da, Duhn che !*

Shugra ne rit pas. Ses jeunes compagnes lui en auraient demandé la raison, et elle ne voulait pas leur dire qu'elle avait simplement maudit le jadis puissant mais défunt Duhn. Avec un talent qu'elle commençait seulement à parfaire, elle leva les bras en l'air puis les lança devant elle et accéléra le cycle de vie d'une graine de dattier enterrée dans le sable. L'arbre poussa devant leurs yeux ébahis, suscitant des petits cris de joie.

— Refais-le, Shugra !

Les yeux brillants, Yusa faisait des bonds de joie. Les filles étaient plus jeunes que les quatorze ans de Shugra et portaient sa marque avec fierté, mais Yusa, âgée de dix ans, possédait une innocence particulière qui la réjouissait.

— Je me lasse de fabriquer des arbres, Yusa.

Shugra riait maintenant. Elle trouva un poil de chèvre sur son vêtement. Personne ne savait, pas même le grand Ramsès, qu'il renfermait de quoi faire apparaître cent chèvres ! Elle s'en tiendrait à six. Des femelles qui donneraient du lait et de la viande pour le long siège à venir. Elle plaça le poil sur le sol et baragouina des paroles dans sa langue maternelle en gesticulant comme une folle. Les jeunes filles eurent le souffle coupé puis applaudirent en voyant apparaître six chevreaux qui bêlaient. Sachant qu'il leur restait peu de temps pour être insouciantes, Shugra les envoya à la source pour qu'elles s'occupent du troupeau, puis elle s'assit à l'ombre d'un palmier pour réfléchir. L'air immobile du désert était brûlant et elle fit naître une brise. Les petites filles s'ébattaient avec les exubérantes petites bêtes. Aucune d'elles n'avait peur.

Et pourtant, elles auraient dû.

Pas avoir peur d'elle, mais d'Akmontep, le prêtre d'Osiris, qui les avait chassées dans le désert. Elle contempla l'étendue infinie du Sahara. Lorsqu'elle était enfant, l'Egypte – pays sans forêts ni neige – lui avait paru hostile et aride. Elle s'était rebellée contre le soleil brûlant à l'âge de cinq ans en faisant, du jour au lendemain, un arbre adulte d'un jeune palmier et en le rapetissant de nouveau avant l'aube suivante. Même ces gens-là – qui croyaient à la présence sur Terre de divinités avec des têtes d'animaux – craignaient une enfant dotée d'un pouvoir divin.

Pourtant, elle avait grandi et avait appris en s'épanouissant dans un climat d'acceptation superstitieuse. Tout comme les cultures primitives avant lui, le peuple égyptien était excessivement attaché aux rituels. Elle avait inventé d'intelligentes cérémonies et utilisé parcimonieusement la magie pour gagner leur respect et instaurer le fondement de la croyance. Des actes de bonté avaient tenu la menace de la mort à distance. Elle avait espéré vivre vieille en Egypte, car elle n'était pas loin de comprendre comment avoir accès au courant de la source. La rivière principale de la magie rouge était très loin de cette contrée et de cette époque mais, quand elle reviendrait, Shugra serait prête.

Cependant, elle savait qu'elle n'achèverait pas ses recherches au cours de cette vie-là.

Elle vit des tourbillons de poussière au loin, signalant l'arrivée d'Akmontep et de ses soldats.

Cette fois-ci, ce qui la perdrait était la jalousie. Elle n'avait pas pris en compte la fierté du prêtre, ni sa connaissance des mystères cosmiques. Au service d'Osiris, Roi de l'Au-delà et souverain des morts, Akmontep voyait en elle une menace pour son rang et pour le respect qu'il inspirait à son dieu et Pharaon. Il était le seul de tous les sages qu'elle avait rencontrés à avoir identifié son cycle de vie unique. Cependant, Akmontep la considérait comme une abomination puisque, avant de reprendre forme humaine, son esprit ne traversait pas trois mille ans d'existence comme toutes les créatures de la terre, de la mer et du ciel.

— *Tu es plus qu'une sorcière !*

Chez elle, dans la cour de sa petite maison, trois saisons plus tôt, il avait pointé sur elle un doigt accusateur. Sa voix avait trahi une aversion intense :

— *Tu es un mal primitif qui défie l'ordre naturel et spirituel de l'univers !*

Elle avait nié, mais Akmontep savait qui elle avait été autrefois, il connaissait son nom. Et il ne craignait pas son pouvoir. Elle mourrait à nouveau, mais elle ne se rendrait pas sans se battre.

Et elle n'oublierait pas la leçon.

Shugra se leva et courut jouer une dernière fois avec celles qu'elle avait choisies.

Willow marchait derrière Anya dans un chemin tapissé de feuilles mortes et d'aiguilles de pin. Elle n'envisageait pas de désobéir à l'ordre qui lui dictait de la suivre, mais elle avait conscience de certaines choses insolites et perturbantes. La cime des arbres était inclinée vers l'arrière comme pour laisser la lune éclairer le bois. Derrière elle, les arbres se déracinaient en grondant et se déplaçaient pour bloquer le passage. Poussant si vite qu'elles en bourdonnaient et craquaient, les plantes grimpantes qui bordaient l'allée s'élevaient en colonnes. Willow sentait presque les courants de magie parcourir la forêt en tourbillonnant.

— C'est là-bas. (Anya tendit le bras.)

Le chemin débouchait sur une clairière baignée par la douce lueur du clair de lune et au centre de laquelle douze grosses pierres étaient disposées en demi-cercle.

En s'approchant, Willow eut l'impression d'être dans un rêve, coupée de la réalité par un voile immatériel. Plusieurs ados qu'elle connaissait personnellement ou de vue discutaient et riaient. Elle en avait vu certains en compagnie de Michael et d'Anya la veille au soir au BRONZE, mais Rébecca Sullivan, Craig Roberts, Greta Conor et Lindsey Wayne étaient également présents. Quand Michael leur fit des signes en souriant, Joanna partit en courant dans les bois.

— Reste là, Willow, lui dit Anya à l'entrée de la clairière.

Willow s'arrêta. Quand, à l'opposé d'elles, les broussailles s'écartèrent, l'idée de s'enfuir à toutes jambes l'effleura mais elle n'en fit rien. Elle devait suivre Anya. Pourtant, quelque chose la perturbait toujours. Et la réapparition de Joanna suivie de Crystal Gordon y était sans doute pour quelque chose.

Vêtue d'une tunique blanche, la jeune femme vint se placer, les yeux brillants, à l'intérieur du demi-cercle formé par les pierres. Quand elle leva les bras, l'assemblée se tut et chacun prit rapidement place sur une pierre. Crystal baissa les bras et posa les yeux sur Willow.

— C'est bon, Willow. On peut y aller. (Anya avança en lui faisant signe de la suivre.)

Willow s'exécuta. Lorsqu'elle atteignit le centre de

la clairière, elle reprit soudain ses esprits. Elle s'immo-
bilisa, interdite. Elle était tombée tout droit dans le
piège de Crystal.

— Bonsoir, Willow. (Crystal lui sourit.) Je regrette
d'avoir dû recourir à un sortilège pour t'amener ici,
mais c'était indispensable.

Willow déglutit avec peine. Cela ne la rassurait pas
tant que cela de savoir qu'elle avait été attirée dans ce
guêpier par un sortilège et non pas par stupidité. Elle
avait pu mesurer l'étendue des pouvoirs de Crystal au
cours de la marche dans les bois. C'était impressionnant et absolument terrifiant. Giles et Alex se ren-
draient rapidement compte de sa disparition, mais ils
n'auraient pas la moindre idée de l'endroit où la chercher. Il lui fallait à présent garder les idées claires et ne
pas commettre la moindre erreur si elle voulait avoir
une chance de s'en sortir. La première chose qu'elle
devait faire s'imposait d'elle-même : il lui fallait
découvrir ce qui se tramait.

— Ah, bon... je suppose qu'il y avait une bonne
raison à cela. Je veux dire, si c'était indispensable, il
doit y avoir... une bonne raison. Et, euh, ça m'intéresserait de la connaître.

Willow croisa les bras et leva le menton. Une attitude
de défi supprimerait peut-être le tremblement dans sa
voix.

— Bien sûr.

Crystal laissa à Michael et Anya le temps d'aller
s'asseoir, à leur tour, sur une pierre. Il en restait une.
Elle lui était peut-être destinée. Willow fit un rapide
calcul. Douze – avec elle – plus Crystal, ce qui faisait
treize. Un cercle de sorciers ?

Willow toucha l'amulette en cuir sous sa chemise et
se demanda si Crystal l'avait envoûtée avant qu'elle la
porte ou après – même si cela ne changeait pas grand-

chose. Toute fuite lui semblait impossible. De plus, si elle s'échappait dans l'immédiat, elle ne pourrait pas dire à Giles ce que Crystal projetait. Peut-être alors serait-il bénéfique qu'elle reste dans les parages pour en apprendre plus, l'air de rien, sur ce qui se préparait. Cela tombait plutôt bien, parce qu'elle n'avait pas franchement le choix.

— Je t'ai choisie, Willow, comme j'ai choisi tout le monde ici. Tu es magie, dotée d'un pouvoir dormant et d'une sensibilité aux courants cosmiques.

C'était sans doute flatteur pour une sorcière novice, mais Willow n'était pas idiote, et ce n'était pas avec de beaux discours que Crystal allait l'amadouer – même si cela avait visiblement marché avec les autres. Sur ses gardes, Willow se raidit quand la jeune femme marqua un temps d'arrêt et ferma les yeux.

— Je suis magie, psalmodia doucement Crystal. Je suis le cœur et l'âme des éléments. (Elle ouvrit brusquement les yeux et tendit le bras.) L'eau !

Willow fit un bond. Sortant de nulle part, une cascade apparut en suspens, son eau écumeuse se déversant sur le sol et s'accumulant aux pieds de Crystal.

T'as gagné. Je suis impressionnée. Troublée et fascinée, Willow regardait la démonstration.

— La terre et le vent.

Une petite tornade s'engouffra dans la clairière, charriant des feuilles et de la poussière. Le sol s'ouvrit avec un son sourd, tandis que le tourbillon décrivait un cercle autour de la chute d'eau en grondant et qu'il laissait dans son sillage un puits en pierre qui retint l'eau de la cascade. Les feuilles tombèrent en voltigeant, portées par le vent, qui décrût avant de mourir.

— Le feu !

Les yeux plissés et les bras tendus, Crystal fit volte-face. Une foudre rouge jaillit de ses mains et chacun des éclairs alluma un feu en touchant le sol. Les éclairs disparurent mais les flammes demeurèrent.

Willow réalisa que les théories de Giles étaient on ne peut plus fondées, et cette pensée lui donna le vertige. Crystal usait bel et bien de magie primitive.

A nouveau souriante, Crystal regarda les ados captivés assis en face d'elle.

— Lève-toi, s'il te plaît, Rébecca.

Rébecca tressaillit et jeta un regard furtif à Kari. Celle-ci lui murmura quelque chose à l'oreille puis poussa gentiment son amie hésitante du coude. La jeune fille se leva lentement et baissa la tête.

— Regarde-moi.

N'obéis pas. Willow se mordit la lèvre quand l'adolescente leva les yeux. Rébecca ne savait manifestement pas que, d'un simple regard, Crystal pouvait lui faire faire n'importe quoi. Ni qu'elle n'en aurait aucun souvenir ! Willow se promit de ne pas laisser la sorcière plonger ses yeux dans les siens.

— Rébecca Sullivan, jure-nous fidélité à moi et à ce cercle et *deviens* magie. Tu dois faire ce choix entièrement de ton plein gré.

Le moral de Willow remonta soudain. Elle n'était pas près de s'engager librement vis-à-vis de qui que ce soit – hormis Oz et ses amis, bien entendu. Et certainement pas vis-à-vis d'une sorcière qui avait fait rôtir un pauvre type juste pour attirer l'attention et qui avait essayé d'ébranler la confiance de Buffy en recourant à une strangulation psychique.

— Joins ton pouvoir au mien pour appeler la rivière à sa source et tu auras, en retour, ce que je suis seule à pouvoir te donner : la beauté, la grâce et la reconnaissance de tes pairs.

Rébecca se contentait de la fixer.

— Le jures-tu ? (Crystal baissa le regard.)

— Je le jure, murmura Rébecca, paralysée.

Crystal leva la tête et provoqua un autre éclair magique de foudre rouge qui s'abattit sur l'épaule de Rébecca. La jeune fille tituba et se retourna quand l'éclat fulgurant s'évanouit. De la fumée s'élevait de la brûlure sur sa peau.

Willow ne broncha pas quand Crystal prononça son nom. Celle-ci répéta le serment et la détermination de Willow n'en fut nullement ébranlée. La sorcière devait avoir promis à Anya de lui restituer son médaillon pour qu'elle retrouve son pouvoir de venger les femmes bafouées. Il était plus que probable que Michael ait envie qu'Amy le rat redevienne Amy la sorcière. Mais Willow, elle, ne voulait rien tant que de rester indépendante et de pouvoir se regarder en face.

— Joins ton pouvoir au mien pour appeler la rivière à sa source et tu auras, en retour, ce que je suis seule à pouvoir te donner…

Willow serra les dents, prête à refuser. *Crystal n'a rien à m'offrir qui puisse me donner envie de m'unir au Mal…*

— … guérir Oz du mal de lune dont il est affligé.

Sauf ça, peut-être.

CHAPITRE VIII

Buffy s'extirpa de la banquette arrière de la Citroën avec un sac contenant des lampes torches, des armes et des outils tranchants.

Alex lança un regard dédaigneux à la voiture :

— Faites-moi penser à prendre les clés du van d'Oz demain. Les situations d'urgence nécessitent de pouvoir se déplacer à une vitesse supérieure à cinquante kilomètres à l'heure.

— Alex, cesse donc de bavasser et mets-toi au travail, veux-tu ! dit Giles froidement.

— Oui. O.K., la voiture d'Anya. (Alex traversa la rue en courant.)

Buffy inspecta rapidement les bois le long de l'allée. La maison était invisible, dissimulée par l'obscurité dans laquelle l'allée était plongée.

Willow est dans les parages. Crystal avait donc réussi à l'aborder d'une manière ou d'une autre.

Les ampoules des lampadaires explosèrent et Buffy fit un bond.

— On peut pas dire que ce soit très subtil comme façon de nous demander de nous barrer, vous ne trouvez pas ?

— C'est en effet pour le moins inattendu. (Giles posa son sac et l'ouvrit.) Buffy, j'aurais besoin d'un peu de lumière.

Buffy sortit une lampe électrique et se raidit en entendant encore un bruit de verre brisé. En déplaçant le faisceau de sa torche, elle vit Alex s'introduire par une fenêtre cassée à l'avant d'une petite voiture.

— T'as trouvé quelque chose ?

— Les matières premières pour les charmes de protection de Willow. (Alex revint vers eux avec un sac en papier.) J'ai été réglo. J'ai laissé une grosse pierre sur la banquette arrière en échange.

— Elle est donc bien ici… Quelque part. (Giles fit signe à Alex de poser le sac.) Ces ingrédients pourraient bien s'avérer utiles.

— Excusez-moi d'être sceptique, dit Alex, mais le charme de Willow n'a pas été assez puissant pour la protéger. Alors, comment…

— On a de la visite.

Buffy sentit le duvet sur sa nuque se hérisser. Elle balaya l'allée de sa lampe et surprit une ombre qui se déplaçait. Le temps qu'elle réalise que c'était Angel qui venait vers eux à grandes enjambées, sa lampe était entre les mains d'Alex et elle avait sorti son pieu.

— Tiens, tiens. Qu'est-ce que tu fais ici, Monsieur le Macchabée ? l'interrogea Alex.

Agacé, Angel l'ignora et s'adressa à Buffy.

— Willow est en mauvaise posture.

— On sait. Tu peux nous en dire plus ?

— Alex, lumière ! brailla Giles. (Quand la torche éclaira le sac, il en sortit un recueil de sortilèges corné et l'ouvrit.) Je vous en prie, Angel. Nous vous écoutons.

— Je faisais une patrouille dans le cimetière quand elle est arrivée en voiture avec Anya et un garçon.

— Michael, précisa Buffy.

— Elle n'avait pas l'air dans son état normal, alors j'ai essayé de les suivre…

— Comment ça *essayé* ? demanda Alex brusquement.

— Les bois…

— Sont vivants. Je sais. Je me suis bagarrée avec des plantes rampantes tout à l'heure et j'ai perdu. (Buffy rangea son pieu et sortit de son sac l'autre lampe torche, un couteau et une machette. Elle donna le couteau à Angel et alluma la lampe.)

Ils restèrent silencieux pendant que Giles mélangeait ses ingrédients et ceux de Willow. Il répartit la mixture en quatre. Il enveloppa les portions dans des feuilles en marmonnant des paroles en latin et les ficela avec une lanière en cuir.

— Ils sont infiniment plus puissants que le sortilège de Willow, dit Giles en distribuant les charmes.

— Oui, mais vu l'odeur ignoble, ça va être raté côté effet de surprise si l'ennemi nous sent venir à trois kilomètres, dit Alex en tenant le paquet nauséabond à bout de bras.

— Il n'a jamais été question de surprise, répliqua Giles en fourrant un charme dans sa poche.

La masse organique dégageait de la chaleur et chauffait la paume de Buffy. Giles était indéniablement un enchanteur plus expérimenté que Willow, mais elle croyait peu à l'efficacité du sortilège face à la puissance de la magie de Crystal.

— Y a aucun moyen de le renforcer avec autre chose ? s'enquit-elle.

— Si. Il existe un sortilège celte qui retarde la pousse des plantes et qui pourrait nous donner un léger avantage – si ça marche.

— Et avec un peu de chance, ça ne prendra pas des plombes à fabriquer, intervint Alex. Parce que si ça se trouve, Willow est peut-être déjà en train de manger les pissenlits par la racine.

— J'en doute, mais on ne te retient pas, Alex. File tout seul dans les bois si tu crois que c'est ce que tu dois faire.

Giles mélangea une poudre jaune et des écailles vertes à des paillettes grises qui sentaient le pourri dans un petit pot en céramique. La potion fuma quand il y ajouta une pincée de soufre et une allumette allumée.

— Non merci. Je vais plutôt reprendre des boules puantes.

Buffy s'approcha d'Angel tandis que Giles récitait une incantation en gaélique en levant le pot.

— *Ta' me' ag iarriadh ar Lugh, Tiarna na Solas.* Ne laisse pas marcher les arbres, ni pousser les ronces en travers du chemin de ceux qui cherchent une âme perdue. *Lugh, an airgeaduil lamh, Solas an bealachi !*

L'obscurité totale céda la place au clair de lune et à la pénombre.

— Le ciel est avec nous, dit Alex en levant les yeux. Nous voilà parés pour l'attaque.

Giles remballa son attirail de magie et mit son sac en bandoulière :

— A moins qu'on n'ait été invités. Qui sait ?

Crystal perçut l'alarme donnée par la sentinelle végétale et détourna son attention de Willow. Elle sentait la présence de quatre intrus : la Tueuse, le jeteur de sorts, le démon et le garçon. Elle leur envoya un message explosif par le biais des lignes électriques, pour qu'ils sachent qu'elle avait conscience de leur présence.

Elle était prudente et irritée. Ils ne pouvaient rien contre son pouvoir, mais la terreur pernicieuse qui avait gagné les sociétés précédentes et l'avait obligée à remettre la Fusion à plus tard dans ses vies plus récentes était également une menace potentielle à Sunnydale. Elle ne devait pas réveiller cette peur avec des démonstrations stupides de pouvoir ou par un massacre inexpliqué. La disparition des amis intimes de Willow pourrait troubler l'harmonie soigneusement entretenue au sein du cercle de sorciers et susciter des questions auxquelles elle préférait ne pas avoir à répondre. A l'exception d'Anya, les douze étaient innocents et devaient prendre part au rituel sans réserve ni crainte. Bien que chaque nouvelle nuit à Sunnydale voie de multiples morts, elle ne voulait pas prendre de risque inutile à la veille d'atteindre son but.

Par ailleurs, faire naître un faux sentiment de confiance chez l'ennemi pourrait aussi s'avérer amusant. Alors, Crystal intercepta la prière du bibliothécaire à Lugh, mais elle fit disparaître l'obscurité totale autour des quatre indésirables. Comme prévu, ils s'enfoncèrent sans tarder dans la forêt, vraisemblablement résolus à sauver Willow.

Elle se retourna vers la jeune fille en détresse et dont les aptitudes inexploitées lui étaient vitales.

— Le jures-tu ?

Willow hésita. Elle n'avait pas envisagé qu'elle devrait prendre une décision difficile. Mais bon, elle était du côté des gentils et, même si elle pouvait empêcher qu'Oz se transforme en loup-garou trois nuits par mois, la question ne se posait pas.

Elle l'aimait. Pas plus que ses parents, Buffy ou Alex, mais différemment. Elle s'était rendu compte à quel point elle l'aimait quand il l'avait surprise en train d'embrasser Alex. Quand il avait refusé de lui parler et d'accepter ses excuses, elle avait ressenti un grand vide en elle, et elle avait eu le sentiment que rien ne serait plus jamais comme avant. Puis il lui avait pardonné. Sans conditions, sans rancune tenace, ni méfiance, parce qu'il l'aimait et qu'elle lui manquait, tout simplement. Comment pourrait-elle lui refuser la possibilité d'être guéri de son mal ?

Crystal comprenait le fonctionnement de l'univers et cela intensifiait son pouvoir sur les éléments. Et Willow savait qu'elle pouvait facilement effacer la mystérieuse infection des cellules d'Oz.

Mais le ferait-elle ?

Probablement pas.

En trois ans de collaboration étroite avec Giles, Willow avait beaucoup appris, et elle avait pu vérifier en d'innombrables occasions qu'on ne pouvait pas faire confiance à un démon. Le Bien puisait son pouvoir dans la vérité, alors que le pouvoir du Mal se fondait sur des mensonges. C'était aussi simple que cela.

Connaissant Oz, elle savait qu'il préférait être un loup-garou avec une petite amie qui n'avait pas vendu son âme au diable – et surtout pas pour lui. C'était une des raisons pour lesquelles elle l'aimait.

— Le jures-tu, Willow Rosenberg ? lui redemanda Crystal d'une voix plus dure et en plissant les yeux.

— Non.

Impuissante, Willow se crispa, s'attendant à mourir et espérant que ce ne serait pas le cas.

Crystal la dévisageait, immobile.

Onze paires d'yeux incrédules regardaient tour à tour Willow et Crystal. Manifestement, personne n'avait même songé à décliner l'offre de la sorcière.

Willow détourna le regard. Une longue minute passa et pas le moindre éclair de foudre rouge ne claqua dans le ciel pour la réduire en cendres. *Très bien, c'est un avantage, mais… pourquoi ?* Et comment se faisait-il que Crystal ne l'ait pas manipulée quand elle la regardait dans les yeux ? Qu'est-ce qui la retenait de simplement la transformer en serpent ou en chèvre ou en Dieu sait quoi ?

Peut-être qu'elle ne veut rien faire d'irrévocable au cas où je change d'avis ?

— T'es folle ou quoi, Willow ? demanda Anya. Je ne connais pas le problème d'Oz, mais Crystal peut arranger ça.

Alicia acquiesça d'un signe de tête.

— Mon père a un cancer. La chimio est… très pénible, et… (Elle se mit à pleurer.)

La colère de Willow éclata. Elle était révoltée que Crystal exploite de façon aussi cynique la souffrance d'Alicia.

— Mais vous ne compre…

— *Grah du stit !* (Les yeux de Crystal lançaient des éclairs.)

— … *zen cnod sap uq'elle…*

Willow s'arrêta de parler. Ses pensées étaient claires mais sa bouche débitait soudain du charabia. Elle n'eut toutefois pas le temps de s'appesantir sur ce qui se passerait si elle était privée à vie de la faculté de parler.

— Willow a fait son choix, dit Crystal d'une voix neutre. Elle est… renvoyée.

La clairière disparut derrière un amas de feuilles, de plantes et de branches alors que la forêt tissait un cocon sombre autour de Willow.

— Giles, il faut que je vous avoue que je ne pensais pas que vos boules puantes ensorcelées marcheraient. (Il promena sa torche sur un chemin défoncé qui s'enfonçait dans la forêt derrière la maison.) Mais visiblement elles marchent et, en plus, elles respectent l'environnement puisqu'elles sont entièrement biodégradables.

— Si tu veux mon avis, cet environnement ne me dit rien qui vaille, déclara Buffy.

Rien de bizarre ne leur était arrivé ni n'avait entravé leur progression ni dans l'allée, ni autour de la maison –

dans laquelle ils avaient renoncé à pénétrer puisqu'elle n'était manifestement pas occupée.

— Oui, mais… je ne suis pas certain que les charmes soient responsables de l'absence d'obstacles.

— Je suis d'accord. (Angel fermait la marche. Buffy sentait qu'il était tendu.) Cette sorcière *est* la forêt. Elle est partout. Elle observe, elle attend.

Alex tourna brusquement la tête :

— Alors, il n'y a pas que moi qui trouve l'ambiance un peu chargée !

— C'est vrai que le suspense est un peu pesant. Ça peut pas être aussi facile de toute façon, dit Buffy en jetant un coup d'œil à la lune à travers les branches au-dessus de leurs têtes. (*Elle sera pleine demain.* La pleine lune était bien souvent essentielle dans les rituels de sorcellerie. Si Crystal respectait les règles courantes, il leur restait un jour pour découvrir ce qu'elle manigançait.)

— Attendez une minute. (Angel s'arrêta, regardant derrière lui et autour d'eux.) Nous tournons en rond.

— Vous en êtes certain ? demanda Giles.

— C'est juste une impression, mais elle est tenace.

Buffy s'approcha d'Angel. Quelque chose avait bel et bien changé. Elle inspecta du regard le chemin qu'ils avaient suivi. Il était envahi par des herbes et des plantes rampantes.

— Hé ! Regardez…

— Buffy !

Voyant un arbre se déraciner et s'affaisser sur eux, Angel se jeta sur elle de tout son poids, les entraînant tous deux à terre. Serrant Buffy dans ses bras, il roula sur le côté tandis que le tronc s'écrasait sur le sol en entraînant des branches mortes et des flots de plantes dans sa chute.

La respiration coupée, Buffy resta allongée quelques instants sous Angel.

— Buffy ?

Le vampire se redressa et plissa les yeux quand elle leva la torche qu'elle tenait toujours à la main.

— Ça va. Merci. (Elle reprit promptement ses esprits et essaya de se lever. Sans succès. Des plantes grimpantes s'étaient déjà entortillées dans ses cheveux et enroulées autour de ses chevilles, la clouant au sol.) Je n'arrive pas à me relever…

Angel arracha les ronces qui avaient poussé autour de ses propres bras et s'attaqua aux tiges qui retenaient Buffy en les coupant à la racine avec son couteau. Il lui dégagea les jambes, mais elle ne pouvait pas lever la tête.

— Mes cheveux ! (Elle fit la grimace en sentant le couteau tailler autour de sa tête, mais elle se rappela que des cheveux massacrés repoussaient. Quand elle sentit la tension se relâcher, elle donna un coup de tête et se leva tant bien que mal. Elle avait les mains prises par la machette et la lampe mais, de toute façon, elle se garda bien de toucher ses cheveux, ne voulant pas savoir dans quel état ils étaient.) Où sont Giles et Alex ?

— De l'autre côté du tronc.

Angel continuait à tailler les plantes qui repoussaient frénétiquement à partir des racines mêmes qu'ils avaient coupées. Une muraille compacte de buissons et de branches les séparait du chemin de l'autre côté de l'arbre.

— Giles ! Alex ! (Pas de réponse. Buffy les appela de nouveau mais le son était assourdi par la densité de la jungle en expansion.) On est prisonniers ! T'as une idée ?

— Se tirer d'ici et espérer qu'ils en fassent autant. Allons-y.

— Par où on va ?

Ils étaient cernés par une paroi touffue de branches et

de broussailles. Au-dessus de leurs têtes, une voûte de feuilles et de plantes grimpantes leur cachait la lune.

— Choisis une direction, dit Angel, son couteau à la main.

— Par là.

Buffy montra du doigt l'endroit sur leur droite où Giles et Alex se trouvaient avant que l'arbre ne s'écrase. Devant eux, le bruissement de feuilles et le craquement du bois attirèrent leurs regards. Un trou apparut et s'élargit.

Angel hésita :

— Je préférerais qu'on se fraye un chemin tout seuls.

— Moi aussi, mais… (Une plante grimpante jaillit de la paroi végétale du côté de Buffy mais rebroussa immédiatement chemin. Elle fronça les sourcils, perplexe, jusqu'à ce qu'elle se rappelle les charmes de protection de Giles. Elle sortit le petit paquet de sa poche et le tint devant la muraille. Les branches et les tiges entortillées reculèrent.) Ça marche maintenant. Si on peut dire.

— Tant mieux. Ça nous aidera peut-être à sortir d'ici.

Buffy hocha la tête et appliqua l'amulette sur l'arbre au sol. Les broussailles qui envahissaient le tronc se recroquevillèrent avant de s'esquiver.

— Par ici, dit-elle.

S'aidant de la machette pour aller plus vite, elle se fraya un chemin en rampant. Elle s'arrêta en arrivant au bout et balaya de sa torche le tableau sinistre qui s'offrait à elle de l'autre côté de la muraille végétale. La lune brillait au travers de brumes translucides qui tournoyaient frénétiquement autour d'arbres infestés de mousse tombante, de serpents et de gigantesques toiles d'araignées. Le sol de la forêt s'était transformé en marécage.

Le sac de Giles était à portée de sa main, accroché à une branche noueuse. Surnageant dans la vase, une torche sombrait.

Des sables mouvants.

Il n'y avait pas la moindre trace de Giles ni d'Alex.

Willow parvint enfin à se libérer de sa cage en la labourant de ses ongles et sauta avant qu'elle ne repousse autour d'elle. Elle était vivante et soulagée parce que le sortilège de Crystal affectant son élocution s'était dissipé. Pour ne pas perdre la tête pendant qu'elle creusait, elle était parvenue à chanter un pot-pourri des chansons du répertoire des *Dingoes* sans le moindre problème.

Elle ne voyait pas la clairière, ce qui lui parut bizarre mais lui convenait parfaitement. Il lui serait beaucoup plus facile de retourner à la bibliothèque si elle n'était pas suivie. Elle avança prudemment dans les bois en passant en revue les éléments de l'histoire qu'elle connaissait, afin de ne pas s'attarder sur les yeux qui la scrutaient du haut de leurs perchoirs ou sur les plantes qui s'accrochaient à ses jambes.

Crystal avait réuni un cercle d'adolescents avec un potentiel pour la sorcellerie, mais le comité n'était pas au complet. L'une des pierres était encore inoccupée. Crystal était puissante, mais elle n'était pas toute-puissante. Elle avait besoin du pouvoir combiné du cercle pour appeler la rivière à la source – qui pourrait bien être l'hypothétique source de toute magie que Giles avait évoquée. Mais la sorcière n'attirait pas seulement la foudre rouge de la magie primitive. Elle s'y connectait naturellement, comme si elle était en elle.

« ... *et deviens magie.* »

Willow ne voulait pas pousser le raisonnement plus loin. Si Crystal entrait directement en contact avec la source, *deviendrait*-elle magie ?

Elle entendit un grognement dans l'obscurité. Elle n'aurait pas spontanément choisi d'être menacée par un animal sauvage pour penser à autre chose, mais cela refoula dans son esprit l'affreuse possibilité qu'une méchante super-sorcière manigançait pour monopoliser le marché de la magie. Elle accéléra le pas, sans prêter attention aux branches noueuses et aux plantes qui s'accrochaient à ses vêtements. Une chouette fondit sur elle par-derrière et lui arracha des mèches de cheveux avec ses serres. Elle se mit alors à courir, esquivant les branches basses, enfonçant des toiles d'araignées tendues en travers du chemin et trébuchant sur d'énormes racines d'arbres qui jaillissaient du sol. Elle ne s'arrêta que lorsque ses jambes ne purent plus la porter. Elle était hors d'haleine et complètement perdue.

Elle s'affala sur un rocher. Elle avait couru sans prêter attention au chemin qu'elle prenait. Il était fort possible que, au lieu de se diriger vers la route, elle se soit enfoncée plus avant dans la forêt. Elle n'aurait su le dire.

— Pas de panique. Réfléchis ! Ce n'est pas la première fois que tu te retrouves dans une forêt.

Le simple fait de penser à voix haute apaisa ses nerfs en pelote. Elle se leva. Elle en avait assez d'être bousculée de toutes parts par des plantes.

— Hé ! Comment je sors d'ici, moi ?

Le sol vibra. Une plante au diamètre plus large que son bras sortit de terre et s'enroula autour de sa cheville. Regrettant d'avoir posé cette question, Willow hurla quand elle se sentit avancer malgré elle. Les arbres et les broussailles défilaient autour d'elle en la cinglant tandis que la plante la traînait au-dessus du sol.

Pour une plante, elle allait remarquablement vite.

Entraînant presque Giles dans sa chute, Alex trébucha sur une racine et se retrouva à quatre pattes. Il lâcha la veste du bibliothécaire, à laquelle il s'était agrippé afin de ne pas se perdre dans le noir, ayant abandonné la torche et le reste du matériel juste après que Buffy et Angel eurent disparu et que la forêt eut changé d'aspect. Il préférait d'ailleurs de loin le thème « forêt sinistre » au thème « marécage de l'épouvante ».

— Alex ? (Giles s'arrêta.)

— Je suis là.

Il se releva et se remit en marche avant de finir en bouillie, pris en sandwich entre deux arbres, et de leur servir de garniture. La forêt se refermait lentement mais sûrement tout autour d'eux. Depuis qu'ils avaient fui le marais, ils avançaient tels des moutons, contraints et forcés, comme poursuivis par le broyeur végétal.

— Faites attention où vous marchez, Giles. Vous allez me trouver parano, mais je sais très bien que cette racine m'a fait tomber exprès.

— Il y a de grandes chances que ce soit le cas, en effet. (Giles vacilla quand Alex s'accrocha de nouveau à sa veste.) Notre sorcière a un sens de l'humour assez pervers.

— Vous pensez qu'elle joue au chat et à la souris avant de nous achever ?

Alex s'était empêché de poser la question, mais ils erraient depuis trop longtemps sans que cela les mène nulle part. Et, bien que les sortilèges de Giles ne se soient pas montrés très efficaces, cela rassurait Alex d'entendre cette voix familière avec son petit accent.

— Je ne crois pas, non. Mais je ne saurais dire pourquoi. Il est tout à fait en son pouvoir de se débarrasser de nous sans plus de cérémonie.

— Ouais, ben, je ne trouve pas ça très réconfortant.

Quelque chose détala sur son pied. Alex préféra ne pas penser à ce que cela pouvait être.

— Si nous sommes toujours vivants, c'est peut-être parce que notre mort ne lui apporterait rien, voire qu'elle aurait à y perdre. Tant que rien ne nous prouve le contraire, nous avons intérêt à considérer que nous sommes juste… prisonniers.

En ce qui nous concerne, très bien, pensa Alex. *Mais cela ne présage rien de bon pour Willow. A moins que Buffy et Angel ne l'aient retrouvée. Je vous en supplie, trouvez-la. Et d'abord, où sont-ils ? Et qu'est-ce que c'était que* ce truc *?*

— Giles ? (Alex repoussa brutalement une branche qui tentait de lui enserrer l'épaule. Une seconde branche apparut et s'entortilla autour de son autre bras.) Je crois que vous devriez réviser votre jugement. (Alex fut soulevé de terre et dut lâcher la veste de Giles.) Hé !

Le bibliothécaire lui empoigna la jambe. Une plante compacte s'enroulait autour du torse d'Alex. Tiré par en haut et par en bas, il se demanda s'il allait découvrir ce que cela faisait d'être écartelé.

— Alex ! Je ne vais pas pouvoir résister longtemps !

Alex continuait de s'élever et Giles, sur la pointe des pieds, luttait pour le retenir.

Quand Giles lâcha prise, Alex fusa vers le haut. Il fut projeté en l'air par les branches et, tel un caillou décoché par un lance-pierres géant, il s'envola.

Buffy tailladait mécaniquement. Depuis qu'ils avaient dû rebrousser chemin à cause du marécage, Angel et elle s'étaient frayé une route à coups de machette et d'amulettes. Ils avaient traversé une végétation tenace sur un peu moins d'un kilomètre. Son débardeur lui collait à la peau et elle savait que ses cheveux, déjà amochés par le couteau d'Angel, étaient couverts de toiles d'araignées et de ronces.

— Tu crois qu'on tourne encore en rond ?

— Non, répondit Angel, qui la regarda, en lui souriant imperceptiblement.

Il écarta des mains un pan touffu de plantes grimpantes derrière lequel une voiture passa à vive allure. La rue était de l'autre côté, plongée dans l'obscurité.

— Ça y est ! hurla Buffy en se ruant dans le passage.

Elle se laissa glisser à terre, épuisée.

Toutes les voitures garées dans l'allée avaient disparu, à l'exception de la Citroën.

Angel lâcha le sac de Giles et s'accroupit à côté de Buffy.

Elle jeta un regard furieux en direction des bois. Giles, Alex et Willow étaient quelque part là-dedans et elle ne pouvait rien faire pour eux. La force de vampire d'Angel et son endurance de Tueuse – ainsi qu'un peu de chance – leur avaient permis de s'en sortir, mais leurs aptitudes physiques ne faisaient pas le poids contre la magie noire qui contrôlait la forêt.

— Elle nous a laissés nous en tirer, tu ne crois pas ? dit-elle en soupirant.

— Ça m'en a tout l'air. (Angel se redressa d'un bond.) T'as entendu ?

— Quoi ?

Buffy se leva et se mit en position de combat. Elle entendit alors un cri ininterrompu et étouffé. Elle pivota prestement.

Alex atterrit sur le ventre à ses pieds. Suivi de près par Giles qui, en touchant le sol, exécuta une culbute tout en souplesse.

— Je suis mort, là ? marmonna Alex.

— Pas encore. (Buffy s'agenouilla à ses côtés.) Je suis bien contente de te revoir. Rien de cassé ?

— J'ai trop mal pour le savoir.

Angel aida Giles à se relever et le soutint jusqu'à ce que les jambes de celui-ci cessent de trembler.

— Je vous remercie. Je crois que ça va.

Giles adressa à Angel un bref signe de tête, remit ses lunettes d'aplomb et entreprit de frotter ses vêtements.

— Pas de trace de Willow ? demanda Buffy.

— Non, aucune, répondit Giles, qui se dirigea en se massant le coude et en boitant vers le bois.

Il n'y pénétra pas mais resta planté là, le regard fixe.

— La voiture d'Anya n'est plus là, lui dit Buffy en s'approchant. Peut-être que Willow est toujours avec elle.

Alex s'assit en grimaçant :

— Vaut mieux pour elle qu'elle soit perdue, si tu veux mon avis.

— Attendez… (Angel longea la lisière du bois, la tête penchée pour écouter.)

— T'as repéré une bestiole à te mettre sous la dent ? lança Alex.

— Chut ! (Buffy prit une longue inspiration quand elle distingua une silhouette qui sortait de la forêt et s'écroulait.) Willow !

Angel fut le premier auprès d'elle. Il lui prit délicatement le visage et dégagea doucement ses cheveux auburn de son visage maculé de poussière.

— Salut, les amis… (Willow esquissa un sourire tandis que Buffy, Giles et Alex se groupaient autour d'elle.) Qu'est-ce que vous faites là ?

— On te cherchait, répondit Alex.

— Je me suis fait embarquer par une plante, dit Willow en grimaçant. Mon dos doit être un bleu géant.

— A propos de marques inhabituelles… (Alex se pencha vers elle.) Tu ne t'es pas fait faire un nouveau tatouage, par hasard ?

Willow secoua la tête en baissant le col de son tee-shirt.

Giles attira Buffy légèrement à l'écart et lui chuchota à l'oreille :

— Il ne s'agit pas de s'inquiéter, mais il se peut qu'elle soit toujours envoûtée.

Buffy hocha la tête.

— J'ai quand même découvert des trucs, dit Willow qui parvint à se redresser et à s'asseoir avec l'aide d'Angel.

— Sur Crystal ? demanda Buffy.

Willow ouvrit des yeux grands d'excitation :

— Je crois que *Stalcry euv drepren le trolcon de la giema* !

CHAPITRE IX

— Les voilà, dit Anya en voyant dans le rétroviseur l'épave de Giles se garer dans le parking de l'école.

Crystal était paisiblement assise à côté d'elle et regardait par la fenêtre – qu'elle avait réparée d'un geste désinvolte et d'une brève incantation. *Le vampire n'est plus avec eux. Parfait.*

— On ne devrait pas se cacher ? demanda Anya.

— Ils ne peuvent pas nous voir.

— Oh ! Cool ! (Anya se cala dans son siège en poussant un soupir mélancolique.) Ça me plairait assez de pouvoir épier quelqu'un sans être vue.

— Quelqu'un comme Alex ? demanda Crystal en arquant un sourcil.

Sachant qu'Anyanka – le démon qu'elle était auparavant – avait mené une guerre sans merci aux hommes pendant mille ans, le béguin d'Anya pour le jeune homme l'amusait. L'adolescente avait goûté au pouvoir et voulait le retrouver, sans se préoccuper des conséquences – pour elle ou pour les autres. Sa détermination la rendait relativement digne de confiance. Quand elles se seraient acquittées de leur mission, Anya retournerait chez elle avec l'ordre subconscient de communiquer uniquement avec sa famille et avec Crystal avant de retourner à la clairière le lendemain soir.

Comme les autres.

— Alex Harris ? Non ! Comment pouvez-vous penser que… (Anya soupira.) Ça se voit tant que ça ?

Crystal lui fit un clin d'œil :

— Ne t'inquiète pas. Je garderai ton secret aussi bien que toi le mien.

— Il sera bien gardé alors. (Anya suivait du regard la petite troupe fatiguée qui pénétrait dans la bibliothèque par la porte de derrière.) Vous êtes sûre que Willow ne dira rien ?

— Absolument certaine.

— Alex boite, dit Anya en se penchant vers le pare-brise.

— Ça ne m'étonne pas, vu comment vous dansez, vous, les jeunes.

— Danser… (Anya plissa les yeux.) A partir d'après-demain, je serai la seule avec laquelle il voudra.

Crystal sourit en hochant la tête. Anya ne se doutait pas que l'intérêt qu'elle portait à Alex venait de sceller son destin.

L'expérience et le recul de son passé de démon donnaient à la personnalité d'Anya une dimension qui plaisait à Crystal. En dix-neuf mille ans, seuls Chit et Erostrate avaient été pour elle des compagnons attentionnés, et elle n'était pas immunisée contre la solitude. Elle avait sérieusement envisagé de laisser à Anya son libre arbitre et sa personnalité après le rituel, pour faire d'elle sa fille spirituelle. Toutefois, comme elle venait de le voir, l'attachement d'Anya pour Alex était trop fort et il compromettait toujours ses sentiments pour Crystal. Elle renonça donc à son idée sans le moindre scrupule.

A partir d'après-demain, les désirs d'Anya n'auront plus d'importance. Son essence sera absorbée par la source, sa volonté dissoute et son âme asservie. C'est regrettable mais indispensable.

— Ils sont entrés, dit Anya.

Crystal hocha de nouveau la tête et attendit. Elle leur laissa quelques minutes, puis elle se concentra sur la cage qui emprisonnait le loup-garou. Si l'animal féroce blessait ou tuait quelqu'un, le petit chéri de Willow en serait tenu pour responsable.

— C'est bon, Anya. Tu peux rentrer chez toi te reposer maintenant.

Buffy suivait les autres entre les rayons de la bibliothèque. Elle avait l'impression d'avoir fait le marathon de Boston – deux fois. Alex boitait toujours, et Giles n'arrêtait pas de se masser les coudes et les genoux. L'aube approchant, Angel était parti faire la tournée des comptoirs souterrains de la ville en quête de rumeurs circulant sur la nouvelle sorcière. Quant à Willow, elle faisait de son mieux pour combler les trous de son histoire.

— Mais tu peux hocher la tête et la secouer pour répondre aux questions, lui dit Alex.

— Je suppose, mais, et si… vous savez qui… (Willow eut un mouvement de recul comme si elle s'attendait à être foudroyée sur place) … y a pensé. Et si ma tête tombe… ou si ma nuque devient toute raide, si j'essaye de répondre à une question sur… vous voyez ce que je veux dire.

— J'imagine que tu n'es pas très chaude pour faire un test, alors ?

Willow attrapa Alex par le bras.

— Hé ! Ça marcherait peut-être si je tapais ce que je sais. Je pourrais m'en sortir avec moins de dix doigts – s'il le fallait. Mais j'aimerais mieux pas.

Elle était contrariée. *Et plus encore qu'elle ne le montre*, se dit Buffy. En revenant de la forêt, dans la voiture, ils avaient découvert que Willow n'avait aucun problème d'élocution tant qu'elle ne parlait pas de Crystal, ni de ses projets. Ils ne savaient donc pas précisément ce qui lui était arrivé, à part l'épisode de la plante pilote de course.

Cordélia s'était assoupie sur l'ordinateur et fut réveillée en sursaut par le bruit des pas pesants d'Alex dans l'escalier.

— On s'est endormie, Cordy ? (Alex agita un doigt devant son visage.) Qu'on ne t'y reprenne plus ou, alors, Giles se verra obligé de faire une retenue sur ton salaire.

— Une retenue ? Tu veux dire *ne pas* me payer ? (Cordélia, livide, se tourna vers Giles.) Vous ne feriez pas ça… Je veux dire, *si* vous me payiez.

— Non, Cordélia.

Buffy atteignit péniblement la table de travail. Elle avait besoin de se décrasser et de dormir, mais elle était surtout inquiète – plus inquiète qu'elle ne voulait le montrer aux autres. A moins que Giles ne leur sorte une solution miracle des pages poussiéreuses de ses volumes chéris, la grande et méchante sorcière avait le dessus.

— Et vous, qu'est-ce qui vous est arrivé ? (Cordélia fit une grimace de dégoût.) Vous ressemblez à des figurants de film catastrophe, l'odeur en plus.

— Et encore, tu nous as pas sentis *avant* qu'on balance les charmes de Giles, lança Alex en se dirigeant vers le bureau, le sac de Giles à la main.

Willow s'installa dans le fauteuil à côté de Cordélia :

— Comment va Oz ?

— Il a été sage. Il a dorm…

Buffy jeta nonchalamment un coup d'œil vers la cage. Il lui fallut un petit moment pour que ce qu'elle vit lui monte au cerveau : les barreaux de la porte de la cage devinrent flous et disparurent.

Le loup-garou n'eut pas la moindre hésitation. Il cligna des yeux et chargea.

— Alerte rouge ! (Alex plaça le sac devant lui comme un bouclier quand les quatre-vingt-dix kilos enragés lui sautèrent dessus.)

— Giles ! Le fusil !

Oubliant ses contusions et ses courbatures, Buffy se jeta sur l'animal féroce. Le bibliothécaire fonça derrière le comptoir.

Le loup-garou gronda en montrant les dents quand il tomba. Buffy ne pouvait pas l'immobiliser et elle se dégagea d'un bond avant que les crocs de la bête ne lui arrachent un morceau d'épaule.

— Je m'en occupe ! dit Alex en lâchant le sac.

— Alex, hurla Cordélia. Attention !

Le loup-garou forcené saisit Alex à la taille et l'envoya valser à travers la pièce.

Paniquée, Willow vit, les yeux écarquillés, Buffy plaquer le loup-garou au sol en l'attrapant par les chevilles.

— Giles !

Au moment où Alex percutait les portes battantes avant de s'écrouler, hébété, Buffy se releva d'un bond et décocha un coup de pied au loup-garou. Il recula d'un pas en titubant.

Giles introduisit une fléchette sédative dans le fusil à tranquillisant.

— O.K., monsieur le poilu. On me regarde. (Buffy, tous les muscles bandés, serra les poings. L'animal chargea quand Giles tira, et s'écroula quand la fléchette s'enfonça dans son flanc. Buffy se détendit.) Tout le monde va bien ?

— Ça va... pour un ballon de basket humain. (Chancelant, Alex se redressa et s'adossa au mur.)

Giles rechargea le fusil :

— Buffy, les menottes et les chaînes.

Giles pointa le fusil sur la bête terrassée, prêt à tirer de nouveau si elle remuait :

— Willow, je crois qu'un champ protecteur autour de la bibliothèque s'impose sans délai. Cela minimisera peut-être les effets de la magie de Crystal.

Willow hocha la tête et respira profondément :

— *Nedia ed al nelu, euh… tebê…* (Elle blêmit.) Oh, non.

— Oh, la vache, non ! lâcha Buffy.

Cordélia fronça les sourcils :

— C'est quoi ce sort qu'elle t'a jeté ?

Willow secoua la tête.

— Commençons par attacher Oz, voulez-vous ? (Giles lança à Cordélia un regard plein de sous-entendus.) On s'occupera du… désagrément de Willow après.

Tu parles d'un désagrément, pensa Buffy en menottant les chevilles et les poignets du loup-garou. Compte tenu des circonstances, un défaut d'élocution qui empêchait Willow de jeter des sorts était une catastrophe majeure.

Le loup-garou étant anesthésié et enchaîné, Giles pénétra dans la cage pour prendre le livre égyptien qu'il n'avait pas pu se procurer plus tôt dans la soirée et rejoignit les autres à la table :

— Alors, Willow, on se la fait aux charades, ou version ni oui ni non ? lança Alex.

— Ce n'est pas le moment, Alex, répondit Giles.

Il mit momentanément son livre de côté pour interroger Willow, en espérant qu'elle leur fournirait des indices qui lui permettrait de rétrécir le champ de leurs investigations. Il prit soin de formuler ses premières questions prudemment afin qu'elle puisse répondre sans avoir à parler. Buffy constata, non sans soulagement, qu'il n'y avait aucun effet secondaire nocif quand son amie hochait la tête ou la secouait. Willow pouvait aussi dactylographier, mais les mots devenaient inintelligibles si elle devenait trop précise. Cependant, le plus souvent, ces mots incohérents étaient des anagrammes qu'ils parvenaient aisément à déchiffrer. Au bout d'une heure d'interrogatoire habilement mené, Willow avait confirmé un grand nombre de leurs suppositions et leur avait également fourni de nouvelles informations.

Non seulement Crystal Gordon maîtrisait la magie brute, mais elle avait aussi l'intention de prendre le contrôle de toute la magie à sa source universelle.

De plus, et ce n'était pas négligeable, il en ressortait que la sorcière n'était peut-être pas aussi invincible qu'elle en avait l'air.

— Comment ça ? demanda Alex.

— *Ecrap uq' elle soun a éssial ritrap.* (Willow grimaça.) Et merde !

— Je vais prendre le relais, lui dit Giles avec un sourire crispé. Crystal nous a laissés quitter la forêt vivants parce qu'elle redoute sans doute d'attirer l'attention et d'éveiller des soupçons qui susciteraient des représailles de la part des habitants de la ville.

— Il y a des morts à la pelle à Sunnydale. C'est quand personne ne meurt que ça surprend, fit remarquer Alex.

— Quoi qu'il en soit, c'est un risque qu'elle a manifestement choisi de ne pas prendre, reprit Giles. Ce qui indique qu'elle est vulnérable.

— Vulnérable ? Avec tout ce pouvoir ? s'esclaffa Cordélia. Vous plaisantez !

— Non, c'est logique. (Giles se leva et leur expliqua son raisonnement en faisant les cent pas, les yeux braqués sur le sol.) Crystal ne peut pas attirer seule le… courant qui est relié au puits de magie. Aussi puissante soit-elle, elle n'est *pas assez* puissante. Il va lui falloir recourir à toutes ses ressources à elle et à la magie du cercle de sorciers. Il se peut aussi que la proximité de la Bouche de l'Enfer joue en sa faveur.

— Mais le cercle n'est pas complet, puisque Willow ne s'est pas jointe à eux, intervint Buffy.

— « *T'as qu'à dire non* ». Merci du conseil, dit Willow en se tortillant sur sa chaise. C'est pas toujours aussi facile que ça en a l'air.

Buffy se demanda ce que Crystal avait bien pu proposer à Willow qui soit si difficile à refuser mais ne posa pas de questions.

— En effet, reprit Giles doucement. Mais il est fort possible que tu aies bouleversé ses plans plus que tu ne le crois, Willow.

— Tant mieux. Parce que j'aurais vraiment la haine d'avoir laissé passer la possibilité de… (Willow bredouilla puis se reprit :) … et, euh, de ne plus être capable de jeter des sorts pour rien.

— Tu es toujours des nôtres, Willow. (Le sourire d'Alex était sincère.) C'est pas rien.

— Tous ses initiés sont jeunes et, de ce fait, plus sensibles que des adultes à ses manigances psychologiques. Et j'aurais tendance à penser qu'elle a sélectionné les adolescents avec les plus grandes aptitudes pour la sorcellerie – et Willow est exceptionnelle à cet égard.

— *Etait* exceptionnelle, fit remarquer Willow d'un air sombre.

— *Toujours* exceptionnelle, dit Alex. Une jeteuse de sorts muette est forcément unique.

— Tout ça pour dire qu'elle ne peut sans doute pas trouver quelqu'un avec le même don ou le même potentiel que Willow en si peu de temps, conclut Giles.

— Je ne vois pas où est le problème, alors. Il suffit de faire en sorte que personne ne se pointe à sa petite fête. (Cordélia souriait, contente d'elle.) Puisqu'on connaît la liste des invités.

— Je doute fort que cela soit aussi simple que cela, rétorqua Giles en soupirant. Il semblerait que, pour faire partie du cercle et assister à la cérémonie, les membres doivent le faire de leur plein gré, mais Willow a été forcée de se rendre à la réunion de cette nuit par un ordre implanté dans son subconscient. Crystal a dû recourir au même subterfuge pour s'assurer de la présence de tout le monde demain soir.

— Demain ? (Buffy regarda Giles en penchant la tête, l'air curieux.) Parce que ce sera la pleine lune ?

— Oui, bien sûr. (Giles ouvrit son vieux livre.)

— Je m'en doutais. Alors, on fait quoi ?

— Je ne sais pas. (Giles tournait délicatement les pages jaunies de l'ouvrage en plissant les yeux, oublieux des quatre regards braqués sur lui jusqu'à ce qu'Alex s'éclaircisse bruyamment la gorge.) Oui ?

— C'est pas que je n'aime pas vous regarder lire, Giles, mais je prendrais bien une douche. (Il se passa la main dans les cheveux et des débris tombèrent sur la table.)

— Ah, oui… Effectivement. (Giles leur fit signe de partir.) Un peu de sommeil s'impose aussi. Il vous faudra être frais et dispos demain soir.

— Je suis prête. (Cordélia se leva.) Qui conduit ?

— C'est moi. Si Oz ne se réveille pas pendant que je lui pique ses clés, répondit Alex en se dirigeant prudemment vers la cage.

— Et vous, Giles ? (Buffy lui lança un regard de côté.) La crasse ne sied pas à votre image *british*.

— Ma réputation survivra bien jusqu'à demain matin, ne t'en fais pas, riposta Giles. Il faut que quelqu'un veille sur Oz, et j'ai des recherches préliminaires à effectuer avant que nous ne puissions échafauder un plan d'attaque.

— Bon, ben, on y va, alors. Tu viens, Will ?

— Un instant… (Giles se leva.) Je crois qu'il serait sage que Willow passe la nuit chez toi, Buffy. (Son regard se porta sur Willow.) Par précaution, au cas où Crystal aurait glissé d'autres ordres dans ton esprit.

— On revient tout de suite. (Willow claqua la porte du van puis passa la tête par la fenêtre.) Laisse-nous cinq minutes, j'ai pas grand-chose à prendre.

— Ne coupe pas le moteur. (Buffy se tenait à côté d'elle, parcourant la rue et les cours avoisinantes du regard.) Au cas où.

— O.K., répondit Alex. De toute façon, si tu te gares dans cette ville la nuit sans laisser le moteur allumé, t'es quasiment sûr de finir chez le croque-mort.

Il se pencha pour remonter la fenêtre et verrouiller la porte puis manœuvra pour se garer.

Willow suivit Buffy dans l'allée. Cordélia avait insisté pour qu'on la dépose en premier, mais elle avait aussi promis de garder Oz de nouveau le lendemain soir – à condition que l'ouverture de la cage soit barricadée, qu'ils ajoutent des chaînes et qu'ils endorment Oz avant de partir.

— Reste juste derrière moi, chuchota Willow en pénétrant dans la maison. Espérons juste que personne n'a changé les meubles de place pendant la journée.

— Je te suis.

Suivie de près par Buffy, Willow entra sur la pointe des pieds dans sa chambre. Elle ferma la porte derrière elles et appuya sur l'interrupteur. Réveillée par la lumière, Amy s'assit dans sa cage en remuant les moustaches et le museau.

— On a dû la réveiller, non ? demanda Buffy.

— Elle a probablement faim.

Willow ouvrit la cage pour prendre la gamelle du rat et marqua un temps d'arrêt. Michael avait sans doute vendu son âme pour qu'Amy redevienne humaine. Il avait été très mal inspiré : Willow était persuadée que Crystal Gordon n'avait nullement l'intention de tenir ses promesses. Amy resterait un rat jusqu'à ce que Willow trouve le moyen de lui rendre son apparence. Et Oz serait toujours un loup-garou.

A moins que Crystal ne réussisse à fusionner avec la source de la magie demain soir. Dans ce cas, nous mourrons tous.

— Oui, Willow. Oz est toujours dans les vapes.

Willow appelait Giles de chez les Summers pour lui dire que Buffy et elle étaient rentrées sans encombre.

Distinguant des bruits de casserole dans le fond, il supposa que Joyce cuisinait.

— Oui, je vais vérifier s'il a de l'eau. (Il se massa le front pendant que Willow lui parlait.) A vrai dire, ça avance. Elle a déjà été vaincue dans le passé. Vous en saurez davantage, plus tard. Bonne nuit, Willow.

Giles raccrocha et s'enfonça dans son fauteuil. Il avait vraiment trouvé des éléments intéressants en une heure, à commencer par ce récit égyptien évoquant une jeune sorcière douée d'une maîtrise prodigieuse des forces de la nature.

— Vous êtes bien pensif. Rien de grave, j'espère ?

Alex se tenait dans l'encadrement de la porte, un sac de couchage sous le bras.

Giles sursauta :

— Alex, je ne t'attendais pas. Il y a un problème ? Je viens de parler à Willow…

— Il n'y a aucun problème. (Alex haussa les épaules.) Enfin, à part une peur bleue d'être électrocuté par la foudre rouge. J'me suis pieuté mais j'arrivais pas à dormir.

— Eh bien, euh… tu peux dormir ici, si tu veux.

Alex balança ses affaires et s'assit dans le siège en face du bureau :

— Si j'en crois votre mine, vous êtes sur une piste.

Giles le regarda par-dessus la monture de ses lunettes :

— J'ai découvert une analogie historique fascinante. Plus d'une, en fait.

— Je suis tout ouïe. (Alex mit un coude sur le bureau et posa son menton dans le creux de sa main.) Il était une fois…

Giles sourit :

— Oui… euh, un prêtre de la cour de Ramsès II du nom d'Akmontep et une fille du peuple dotée de pouvoirs magiques extraordinaires et qui s'était fait une petite réputation. Akmontep croyait que la fille était la réincarnation d'une sorcière primitive qui avait acquis son pouvoir à l'âge de pierre.

— La réincarnation ?

Giles hocha la tête :

— Les Egyptiens furent les premiers à croire à l'immortalité de l'âme humaine et à parler de réincarnation.

— C'est pour ça qu'ils ont construit des pyramides et qu'ils emportaient tous leurs biens dans leurs tombes – pour avoir un petit pécule à leur retour ? demanda Alex. S'ils avaient su qu'on leur piquerait tout avant qu'ils reviennent !

— Oui. Akmontep ne s'intéressait pas à la vie après la mort, mais à son statut auprès du pharaon et à sa réputation de magicien. Il était jaloux du pouvoir de la fille et la chassa dans le désert. Elle résista ensuite à un long siège d'un mois dans une oasis avant qu'il ne la tue.

— Et cela a un rapport avec notre histoire ?

146

— Plutôt, oui. Akmontep ne parvint à ses fins qu'après que la sorcière eut été affaiblie par le recours prolongé à sa magie. Mais elle s'était tout de même défendue contre l'armée d'Akmontep à l'aide de monstrueuses tempêtes de sable, de vent et de pluie... et d'une foudre rouge.

Alex se redressa subitement.

— Des centaines de personnes périrent, y compris les six petites filles qui portaient sa marque. Elle s'appelait Shugra.

— Et c'était il y a combien de temps, ça ?

— Environ mille trois cents ans avant Jésus-Christ.

— Et vous pensez que Crystal Gordon pourrait être cette Shugra ? demanda Alex en fronçant les sourcils.

— Je crois que c'est possible, en effet. On a trouvé le même symbole de l'infinité entouré d'un cercle sur les disciples morts d'une femme prénommée Shugra à Ephèse plus de neuf cents ans plus tard.

— A Ephèse. Là où le temple a brûlé ?

Giles acquiesça d'un signe de tête et jeta un coup d'œil à un ouvrage ouvert devant lui :

— Dans *Traductions de Chesler : Journaux et lettres mystiques antiques*, il y a un exposé plus détaillé de phénomènes de foudre rouge. Ecoute : « *Un témoin écrivit à un ami expert en magie noire une description de l'incendie du temple d'Artémis. Il avait entendu des rumeurs au sujet d'une sorcière du nom de Shugra qui complotait en secret pour usurper le prestige et le pouvoir de la déesse :* "*Diomésos vit que Shugra et Erostrate étaient ensemble quand la foudre tomba d'un ciel dégagé et s'abattit sur le temple. Après qu'un petit groupe de disciples eut été tué, les prêtres d'Artémis réussirent à diriger la foudre contre Erostrate. Il fut sauvé quand les éclairs frénétiques se retournèrent contre Shugra et la tuèrent.*" »

— Elle a été zigouillée par sa propre magie ?

— Apparemment, oui. Bien que la destruction du temple fût attribuée à Erostrate, je suis persuadé que le pouvoir venait exclusivement de Shugra – et que la Shugra d'Ephèse était la même entité que celle tuée par Akmontep dans le Sahara.

— Mais elle a été *tuée*. De nouveau.

— Et est revenue – à nouveau. Shugra se réincarne au sens traditionnel ; c'est-à-dire dans un nouveau corps qui a été conçu par des parents humains. Elle garde toutefois son identité d'origine et ses souvenirs. Je présume qu'elle est née plusieurs fois depuis 356 avant Jésus-Christ, mais je n'ai trouvé qu'une seule référence évoquant peut-être une réincarnation postérieure aux événements d'Ephèse.

Giles tendit à Alex un ouvrage relativement neuf et se rassit :

— C'est un obscur recueil de documents du quinzième et du seizième siècle traitant de la sorcellerie en Allemagne. Il y a un document, page quatre-vingt-seize je crois, qui fait référence à une « *sorcière extrêmement puissante et foncièrement malfaisante* ».

Alex ouvrit le recueil et parcourut la page des yeux :

— Ils ne parlent de personne du nom de Shugra.

— Ni de foudre rouge. Mais à la fin du quinzième, la chasse aux sorcières menée par l'Inquisition gagnait du terrain depuis plus d'un siècle. Et je suppose que Shugra gardait délibérément le secret sur ses activités de l'époque et sur tout lien avec le passé. Néanmoins, on trouva sa marque sur les membres d'un cercle de sorciers dans le village d'Ulmdorf près de Rothenberg en 1487 – c'est-à-dire l'année qui a suivi la publication du *Malleus maleficarum* par un groupe d'inquisiteurs allemands.

— Le quoi ?

— Un ouvrage qui expliquait comment identifier et châtier les sorciers, en recourant à diverses méthodes de torture quand les accusés refusaient de coopérer.

— Willow a du bol d'être une sorcière du vingt et unième siècle ! Et ça marchait, leur système ?

— A tous les coups. (Giles souffla, écœuré.) Les procédures étaient excessivement cruelles et condamnèrent des milliers d'innocents à des souffrances effroyables. Partant du principe que tout démon ment, le silence et le déni étaient aussi accablants que les aveux, et les accusés étaient torturés et terrorisés jusqu'à ce qu'ils craquent et avouent. Mais dans le cas qui nous intéresse, il se peut que le cercle ait, en réalité, trahi Shugra – connue alors sous le nom d'Ilse Pfeiffer. Une centaine de ses disciples furent capturés et interrogés. Ni eux ni aucun des inquisiteurs n'échappèrent aux flammes qui ravagèrent les donjons du château d'Aufklaren.

Rothenberg, Allemagne : mars 1487

Dans l'obscurité précédant l'aube, Shugra s'approcha de la muraille arrière du château. Elle chercha des yeux la porte et liquéfia les barres transversales qui la barricadaient de l'intérieur. Elle pénétra dans une galerie sombre et étroite, et la lourde porte se referma derrière elle dans un grincement de gonds rouillés. Elle marqua un temps d'arrêt pour se repérer. Sa marque était comme un signal lumineux dans le labyrinthe de couloirs qui sillonnaient le massif édifice. Aucun de ses initiés ne reconnaîtrait la jeune femme qu'elle était en réalité sous les traits de la vieille sorcière ridée qu'elle avait pris. Adoptant la contenance d'humilité effarouchée adaptée à l'âge qu'elle était censée avoir et à son rang, elle se dirigea, les yeux baissés, le dos voûté et en traînant les pieds vers la chaire marquée de son symbole.

Personne ne s'étonna de sa présence quand elle se fondit, armée de brosses et d'un seau, aux autres domestiques assignés par l'évêque pour s'occuper du château et de sa personne. Dans leur vertueuse arrogance, les inquisiteurs pensaient que la forteresse était sûre et qu'aucune sorcière n'oserait s'introduire dans le bastion où ils menaient leur croisade contre la magie noire. Pourtant, pendant que les soldats du roi battaient la campagne à sa recherche, la célèbre sorcière Ilse Pfeiffer parcourait les couloirs de la forteresse sacrée.

— Et où crois-tu que tu vas, vieille femme ?

Un garde arrêta Shugra à une porte voûtée. Derrière lui, un escalier en colimaçon descendait dans le donjon.

— J'vous demande pardon, mais Sa Grâce a demandé qu'on nettoie un peu la crasse dans les cellules à ces pauvres diables, dit-elle d'une voix cassée en gardant les yeux baissés.

— Les ordres sont les ordres. Exécution, grogna le garde.

Shugra hocha la tête et passa devant lui.

Les entrailles du château étaient aussi immondes que le disaient les rumeurs circulant au village. L'eau s'infiltrait par les murs de pierre effrités, et l'humidité grouillait de créatures minuscules et infectieuses qu'elle seule pouvait détecter à l'œil nu. Ceux de ses disciples qui survivraient aux tortures prescrites par le *Malleus maleficarum* tomberaient malades et seraient emportés par leur mal avant même de mourir de faim. Mais ils ne méritaient pas mieux.

Ils l'avaient trahie.

Son cœur fit un bond dans sa poitrine quand une énorme main agrippa son bras maigre.

— Qu'est-ce que tu fais ici ? lui demanda un autre garde.

— La sainte chaire, bredouilla-t-elle en reculant et en levant son seau d'une main tremblante.

Le grand gaillard hocha la tête :

— Hâte-toi, alors. Sa Grâce descendra d'ici peu.

Shugra détala dans la galerie en passant devant les cellules infestées de rats, dont les portes métalliques n'étouffaient ni les gémissements des prisonniers, ni leur odeur putride. Elle sentait les esprits de ses cent disciples arrêtés au village et se réjouissait de leurs souffrances.

D'autres gardes se tenaient devant l'entrée de la grande salle où Mgr Steuben et le magistrat Bruer arrachaient des confessions aux accusés. Contrairement à Akmontep et aux prêtres d'Artémis, les inquisiteurs n'avaient aucune connaissance de la vraie magie et ne comprenaient pas les énergies primitives qu'elle maîtrisait. Mais, en capturant ses disciples, ils lui avaient volé sa chance de fusionner. La source ne serait pas à sa portée avant cinq cent treize ans et, pour cette raison, ils mourraient.

Shugra entra précipitamment dans la salle et entreprit d'astiquer le fauteuil de l'évêque. Quand ce dernier et Bruer arrivèrent, flanqués d'un notaire et de trois hommes censés être des citoyens intègres et respectables de Rothenberg, elle se fondit littéralement au décor.

Le corpulent évêque parlait d'un ton grave :

— Je m'inquiète de ce que la sorcière Pfeiffer n'ait pas encore été appréhendée.

— Ne vous tracassez pas, Votre Grâce. (Une trace de crainte dans la voix, le magistrat âgé flagornait.) Quelqu'un lui aura donné asile. Le ou les coupables seront accusés de conspiration ainsi que de sorcellerie.

Le notaire prit place sur un banc près de la porte.

Les trois citoyens se tenaient le long d'un mur. Leur tension était palpable. Ils jetèrent des regards furtifs autour d'eux avant de s'attarder sur l'estrapade – l'instrument de torture préféré des dévots. *Simple mais élégamment atroce*, pensa Shugra en levant les yeux vers la corde accrochée à une solide poutre.

L'évêque s'assit en respirant bruyamment :

— En attendant, Herr Decker est peut-être prêt à nous aider.

Shugra écuma de colère quand le petit homme perfide fut traîné dans la salle en demandant pitié. Il suffisait que son regard rencontre le sien pour qu'elle le fasse taire, mais elle ne courait aucun danger et elle était curieuse. Si les inquisiteurs suivaient les commandements du *Malleus maleficarum*, Decker souffrirait par leurs mains devant elle.

Elle l'espérait.

— Je vous en supplie, Votre Grâce, épargnez-moi, implorait le pitoyable petit homme pendant qu'un garde lui ôtait ses vêtements en loques. (Une précaution au cas où il aurait un charme cousu dans son costume.) Je ne sais rien de la sorcellerie. Rien !

— Alors, comment expliques-tu cette marque sur ton épaule ? demanda l'évêque sur un ton glacial.

L'homme ouvrit des yeux grands de terreur :

— C'est un accident ! A la forge du village !

Le magistrat gloussa :

— Devons-nous croire que des accidents identiques aient laissé des marques identiques sur tant de personnes ?

— Je ne connais personne d'autre qui…

— Assez ! (L'évêque fit un signe aux gardes, qui forcèrent Decker à s'agenouiller.) Reconnais-toi coupable maintenant du crime de sorcellerie et ta vie sera épargnée.

Épargnée pour des souffrances pires encore, pensa Shugra. La rumeur disait que la mort suivait les aveux à quelques rares exceptions près. Les exceptions étaient emprisonnées à vie avec du pain et de l'eau pour toute pitance. Plus tard, si la maladie ne les avait pas tuées, on les brûlait aussi.

Decker secoua la tête en tremblant :

— Je ne peux pas avouer ce que je n'ai pas fait.

— Puisque c'est ainsi. (L'évêque fit un signe indolent de la main en soupirant.)

Decker hurla quand les gardes attachèrent ses poignets à l'une des extrémités de la corde. Quand ils le relâchèrent pour se saisir de l'autre bout, il tenta de fuir, paniqué, et bascula en arrière quand les robustes gardes tendirent brutalement la corde. Decker se débattit, essayant de maintenir ses talons croûteux collés au sol, tandis que les gardes hissaient le misérable vers la poutre. Suspendu par les bras à quelques pieds au-dessus du sol, Decker hurlait de douleur. Les témoins semblaient ébranlés, mais leur inquiétude était aussi fausse que leurs paroles. Leurs yeux trahirent leur vertu fanatique quand les gardes laissèrent soudain glisser la corde entre leurs doigts. Le corps de Decker tomba. Et tout aussi subitement, les gardes tendirent de nouveau la corde, interrompant sa chute juste avant que ses pieds ne touchent le sol.

— Ilse ! hurla Decker. Ilse Pfeiffer m'a ensorcelé avec une potion ! Je croyais que c'était de l'hydromel ! Je le jure !

Les trois citoyens hochèrent la tête. L'évêque jeta un regard au notaire qui prenait la confession en note, puis regarda Bruer en hochant la tête à son tour :

— L'accusé s'est reconnu coupable de crime de sorcellerie et attend sa sentence.

Le magistrat inclina la tête devant l'ecclésiastique et ordonna aux gardes de faire descendre Decker.

— Ernst Decker ayant reconnu devant témoins qu'il pratiquait la sorcellerie et portant une marque de sorcière comme preuve de sa culpabilité, mourra sur le bûcher...

— Oh oui, il brûlera. (Shugra enleva son châle en s'avançant. Ses yeux lui sortirent de la tête quand son visage ridé reprit l'apparence lisse de la jeunesse.) Mais il ne sera pas seul à brûler.

— C'est elle ! cria Decker d'une voix perçante ! C'est Ilse Pfeiffer !

L'évêque, rouge de colère devant tant d'audace, bredouilla, trop interdit pour parler.

Le magistrat la montra du doigt :

— Emparez-vous d'elle !

Les deux gardes à la porte se précipitèrent pour obéir, mais Shugra les repoussa d'une pichenette qui les envoya dans la galerie.

— Comment osez-vous exercer votre magie blasphématoire en ma présence ! tonna l'évêque en se levant de son siège.

— Comment ? (Shugra soutenait son regard enragé.) Voilà comment.

Les robes de l'évêque prirent soudain feu. Il hurla en se débattant contre les flammes.

Le magistrat, les gardes et les témoins se ruèrent vers la porte. Shugra les intercepta par la pensée et les précipita contre un mur. Elle sourit et les incendia les uns après les autres.

Decker se releva précipitamment, l'implorant du regard :

— Milady, Ilse, je...

Shugra mit le feu à la paille autour de lui et sortit.
Puis elle embrasa le donjon et quitta le château.

Alex était assis sur une chaise dans l'encadrement de
la porte du bureau, le fusil à tranquillisant sur les
genoux. Il s'était endormi après que Giles lui eut
raconté les événements atroces qui avaient eu lieu au
château d'Aufklaren – un récit rapporté par un messa-
ger qui avait échappé aux flammes.

Il regarda le loup-garou endormi puis la pendule.
Plus que soixante-douze minutes avant le lever du
soleil, et il était hors de question qu'il s'assoupisse. Il
n'y avait pas que l'idée d'être déchiqueté par des crocs
et des griffes si Oz se libérait qui le maintenait éveillé.
Quand Giles était parti pour prendre une douche, Alex
lui avait posé une question en s'attendant à une réponse
rassurante.

— On sait que la sorcière peut être tuée. Il n'y a pas
de problème, alors ? En partant du principe qu'on
arrive à trouver un moyen de la tuer.

Giles avait eu une hésitation :

— A vrai dire, il ne suffit pas de tuer le corps de
Crystal Gordon. Nous devons détruire l'essence de
Shugra.

CHAPITRE X

— Les chiffres indiquent sans conteste une tendance, disait Oz quand Buffy ouvrit la porte.

— Une tendance de mode ? Une tendance politique ? Une tendance à la baisse du nombre de morts à Sunnydale ?

Buffy avait choisi d'adopter une attitude guillerette, essentiellement à l'intention de sa mère. La veille au soir, Willow et elle lui avaient exposé la situation sur le front des sorcières devant un chocolat chaud et des brownies. Pour ce qui était des dispositions d'esprit de Joyce, la tendance était franchement à la baisse : elle était passée d'une inquiétude permanente à une terreur réservée.

— La tendance des loups-garous en liberté, répondit Alex qui avança la tête en humant l'air. Qu'est-ce que ça sent ?

— La crêpe aux myrtilles et la saucisse. C'est la contribution de ma mère à la crise en cours.

— Excellente stratégie, commenta Oz. Un ventre plein est un atout certain pour les troupes.

— Et crois-moi, on va avoir besoin de tous les atouts possibles, répondit Alex.

— Tu vas nous expliquer tout ça, hein ? (Buffy s'écarta pour ne pas être piétinée par les deux jeunes mâles affamés qui se ruaient vers la cuisine.) Alex ?

— Oui, mais j'explique mieux quand mon ventre ne fait pas plus de bruit que ma voix.

Alex les mit au courant des découvertes de Giles entre deux bouchées.

— Comment serait-il possible de battre quelqu'un qui a un tel pouvoir ? lui demanda Joyce qui n'avait pas perdu une miette de son récit.

— Eh bien, on sait que Crystal peut être tuée. Mais cela ne suffit pas à Giles : il veut exterminer Shugra.

— Il a raison, fit remarquer Oz. Sinon, elle reviendra dans plusieurs siècles.

— Et un jour ou l'autre elle prendra le contrôle de la *giema*. (Dégoûtée, Willow charcuta son dernier morceau de saucisse.)

— A supposer qu'elle ne prenne pas le contrôle de la *giema* ce soir, ajouta Alex.

— Et il lui reste un joker. Elle peut trouver quelqu'un pour remplacer Willow dans le cercle des sorciers. (Oz repoussa son assiette.) Le nombre *giquema* est treize.

— Oh ! (Willow donna un coup de poing pour rire à Oz.) C'est pas drôle.

— Bon, et Giles a-t-il une idée de la façon dont on va s'y prendre pour liquider cette créature qui refuse de mourir ? demanda Buffy.

— Je dois reconnaître que cela m'intéresserait de le savoir aussi, dit Joyce.

— Il y réfléchissait quand nous l'avons quitté, dit Alex avant d'engloutir son dernier morceau de crêpe.

La sonnette retentit au moment où Buffy commençait à débarrasser la table.

— J'y vais. (Joyce sortit, sa tasse de café à la main.)

Un bruit de verre brisé et un petit cri étranglé leur parvinrent du salon.

— Maman !

157

Buffy lâcha les assiettes dans l'évier et se précipita vers la porte, suivie de près par Alex, Oz et Willow. Il y eut un carambolage à l'entrée de la pièce quand Buffy s'arrêta net.

Giles et sa mère étaient accroupis et ramassaient les morceaux de la tasse cassée. Leurs yeux se rencontrèrent un quart de seconde, puis Joyce repoussa la main de Giles.

— Je peux m'en charger, monsieur Giles, lâcha Joyce d'une voix cassante.

— Très bien, oui… Je n'avais nullement l'intention de vous faire peur. Puisque, hum, ils étaient tous chez vous, j'ai pensé que je pourrais… euh… passer, plutôt que d'attendre qu'ils me rejoignent à la bibliothèque.

Giles repoussa nerveusement ses lunettes sur son nez en se redressant. Buffy remarqua aussi que son bégaiement était plus prononcé que d'ordinaire.

— Cela ne fait rien. (Les mains pleines de tessons, Joyce se releva en chancelant. Elle eut un mouvement de recul quand Giles lui prit le bras pour la retenir, et elle l'évita du regard.) Vous voulez un café ?

— Très volontiers. (Giles sursauta quand il surprit le regard de Buffy.) Nous devons parler de, euh… de certaines choses. Si vous n'y voyez pas d'inconvénient.

Qu'est-ce qu'ils nous font ces deux-là ? Il fallait que Buffy ait une discussion avec sa mère sous peu. Depuis quelques mois, Joyce était beaucoup trop nerveuse en présence de Giles. Buffy devrait lui faire comprendre d'une façon ou d'une autre que Giles n'était pour rien dans le fait qu'elle ait été choisie comme Tueuse. Et qu'elle serait peut-être morte depuis belle lurette sans ses conseils et l'entraînement éreintant qu'il lui avait imposé.

— Je n'en vois aucun, si vous avez trouvé un moyen

de neutraliser Shugra sans que ma fille se fasse tuer, répliqua Joyce sur un ton virulent.

Giles ouvrit la bouche, mais il ne parvint pas à protester.

Buffy s'apprêtait à entrer sur le ring pour jouer les arbitres, quand sa mère s'adoucit et se retourna :

— Je suis désolée. Nous sommes restées debout une bonne partie de la nuit et… Un thé, alors ?

— Match nul, marmonna Alex, tandis qu'ils retournaient tous à la cuisine.

L'ambiance se détendit sensiblement quand Joyce posa une tasse devant Giles et dit en souriant :

— Je resterais bien avec vous, mais j'ai rendez-vous à midi à la galerie avec un acheteur important.

— Bon, alors… bonne chance pour la vente, dit Giles quand Joyce quitta la cuisine.

Buffy poussa un soupir de soulagement. L'idée que sa mère assiste à une réunion de sa bande ne l'enchantait pas.

— Alex vous ayant parlé de Shugra, je ne vais pas tout reprendre, dit Giles. Et qu'on ne s'y trompe pas, Crystal est bel et bien Shugra – une créature antique et malfaisante dotée d'un pouvoir exceptionnel. (Il regarda sa montre.) Il ne nous reste que quelques heures avant le début du rituel.

— Vous avez déjà un plan ? s'enquit Buffy.

— Plus ou moins. Disons que j'ai une idée viable en théorie. (Giles poursuivit sans leur laisser le temps de faire des commentaires.) La seule façon de s'attaquer à la magie est de recourir à la magie.

— Pourquoi « *en théorie* » ? demanda Alex en fronçant les sourcils.

— En fait, c'est une remarque que tu as faite hier soir qui m'a donné cette idée, Alex, dit Giles. Quand tu as dit que Shugra avait été « zigouillée » par sa propre magie à Ephèse.

— J'ai dit un truc génial et vous me l'avez pas dit ? (Alex feignit de bouder.)

— La magie fonctionne selon certaines règles, et Shugra a constamment enfreint l'une de ces règles fondamentales tout en réussissant à se soustraire aux représailles. L'ordre métaphysique requiert un équilibre final entre le Bien et le Mal. Il en résulte que la magie exercée contre des innocents se retourne contre le jeteur de sorts trois fois plus fort. (Giles avala une gorgée de thé.) Mais il y a des exceptions, bien sûr. Les maîtres de magie les plus puissants parviennent à se protéger de ce retour de manivelle.

Buffy comprit immédiatement là où il voulait en venir :

— Et donc, si on arrive à forcer les protections de Shugra…

— … tout le mal qu'elle a fait depuis des milliers d'années se retournera contre elle ? (Alex hocha la tête.) Ça me plaît bien, ça.

— L'idée en elle-même tient debout. Procéder ainsi devrait radicalement détruire Shugra. (Giles soupira.)

— Oui, mais alors, pourquoi la *giema* primitive ne l'a-t-elle pas détruite à Ephèse ? demanda Willow à Giles.

— Parce que, d'après Diomésos, c'était sur Erostrate que les prêtres avaient dirigé un faisceau de magie. Pas sur Shugra. Pour une raison ou une autre, elle l'a détourné et l'a fait converger sur elle. Ce n'est donc pas pareil qu'une tentative délibérée de dissoudre ses champs protecteurs pour équilibrer les comptes cosmiques. Son corps périt, mais l'essence éternelle de Shugra y survécut.

— Bon alors, c'est faisable ou pas ? demanda Buffy, allant droit au but. De forcer ses champs protecteurs ?

— Peut-être, dit Giles sans s'avancer. J'ignore si quelqu'un a déjà essayé. Le problème, c'est que Shugra ne fait pas qu'utiliser la magie. Elle est reliée au flux et son esprit peut s'évader dans les courants. Il va nous falloir un sort spécifique, et je n'en ai pas encore trouvé. Et s'il n'existe aucun sort de ce type, nous devrons en concocter un nous-mêmes.

— En *concocter* un ? demanda Alex.

— On n'aura peut-être pas le choix, répondit Giles. Et bien que je sois un jeteur de sorts plus expérimenté que Willow, je crains que ma connexion naturelle aux courants primitifs ne soit très modeste comparée à la sienne. (Ses yeux croisèrent le regard surpris de Willow.) Tes talents de sorcière nous sont indispensables parce que ton affinité est très forte, Willow.

Willow sursauta :

— Mais… je ne peux pas dire les mots. Et, en plus, je n'ose pas imaginer ce qui pourrait se passer si j'essayais de préparer une potion.

— Ça pourrait donner des choses intéressantes, dit Oz d'une voix neutre.

Buffy se dit qu'une bonne dose d'optimisme était nécessaire pour requinquer les troupes :

— Quelques obstacles insurmontables ne nous ont jamais arrêtés. On commence par quoi ?

— Par essayer de débarrasser Willow de l'aphasie qui l'empêche de parler de tout ce qui se rapporte à la magie, répondit Giles. Et on continue les recherches. Willow et moi retournons à la bibliothèque.

— Et nous, on va où ? demanda Alex.

— A vrai dire, vous allez suivre le conseil de Cordélia. (Giles haussa les épaules.) Elle a fait une suggestion tout à fait valable. Si on en croit ce que Willow a entendu hier soir, les membres du cercle de Shugra ignorent qu'ils ne seront pas des entités libres si elle parvient à rejoindre la source. Si leurs consciences et leurs identités ne sont pas détruites au cours du rituel, ils seront asservis à Shugra.

Buffy se renfrogna :

— Vous êtes sûr de ça ?

— J'en suis plutôt certain. Mes recherches sur la marque m'ont mené jusqu'au journal intime d'Amanda Hill, une femme accusée d'exercer la sorcellerie à Salem en 1692.

— Shugra était aussi à Salem ? (Willow secoua la tête.) Elle s'est vraiment baladée.

— A l'époque, elle s'appelait Miriam Trent, reprit Giles. Juste avant d'être arrêtée, Amanda est allée voir Miriam et l'a suppliée de lui ôter la marque. Miriam refusa et se moqua de sa crédulité. Si la rivière-source avait été accessible – ce qui n'était pas le cas –, le dernier acte de libre arbitre d'Amanda aurait été d'aider Miriam à s'y relier.

— Sauf qu'il n'y avait pas de courant pour la source. Alors, pourquoi Salem ? s'enquit Oz.

— Peut-être que Shugra affinait son rituel pour prévenir un autre échec. La seule preuve de la marque à Salem est la référence qu'y fit Amanda Hill dans son journal. Vingt personnes furent reconnues coupables et pendues, mais aucune d'elles ne portait de marque.

Oz hocha la tête :

— Donc, soit il y en avait moins qui étaient marqués, soit le cercle de Shugra échappa aux recherches.

— Voire les deux, dit Giles. Contrairement à ce qu'on pense, les « coupables » de Salem incluaient aussi des adolescents. Et ceci est peut-être pertinent, puisque son nouveau cercle est constitué uniquement d'adolescents.

— Sauf Anya, dit Willow. Même si, d'une certaine

façon, je suppose qu'on peut dire qu'elle peut passer pour une ado.

— Peut-être que si Anya et les autres apprennent qu'ils ont été trompés, ils se casseront. (Buffy se leva, prête à se mettre en route.) Il nous suffit d'en convaincre un, puisque le rituel de Shugra ne marche pas si le cercle n'est pas au complet.

— Attendez, intervint Alex. Je croyais que vous aviez dit que Crystal-Shugra avait implanté un ordre de « présence obligatoire » dans leurs esprits.

— C'est plus que probable. Mais ils auront besoin de leur libre arbitre pour le rituel lui-même.

— En route, alors. (Oz sortit ses clés et embrassa Willow sur la joue.)

Toute pomponnée, Joyce descendit l'escalier au moment où tout le monde partait. Elle coinça Giles à la porte :

— Est-ce que je peux faire quelque chose pour vous aider ? Des recherches, peut-être ? Je *sais* au moins lire.

— Euh… (Buffy cligna des yeux. Elle ne voulait pas blesser sa mère en refusant, mais la présence de Joyce à la bibliothèque ne serait pas souhaitable – en particulier au coucher du soleil, quand Oz se transformait en pouilleux tout en dents. Il y avait des choses qu'elle ne voulait pas que sa mère sache.)

— Eh bien, euh… (Giles était, lui aussi, pris de court par la proposition de Joyce.) Il, euh… il faut voir.

Quand la porte se referma derrière eux, Buffy se tourna vers Giles en lui lançant un regard furieux :

— Pourquoi vous avez accepté ?

— Je n'ai pas accepté. J'ai dit…

— *Il faut voir*, ça ne veut pas dire non. Ça revient à dire oui !

— Oh ! Je devrais peut-être y retourner alors…

— Non. Peut-être qu'elle aura trop de travail à la galerie, et qu'elle ne pourra pas venir. (Buffy soupira.) C'est trop tard, maintenant.

En se rendant à sa voiture, Giles grommela dans sa barbe :

— Non, ce qui est fait est fait.

Alex se rongeait les sangs entre deux arrêts. Ils avaient déjà essayé, sans succès, d'entrer en contact avec cinq des disciples de Shugra. Trois d'entre eux n'étaient pas chez eux – ou prétendaient ne pas y être. Quant à Kari et Emanuel, ils leur avaient demandé de s'en aller par l'intermédiaire de leurs parents.

— J'ai l'impression qu'on a enfin une ouverture. (Oz s'engagea dans Havershem Drive. Winston tondait sa pelouse. Un garçon plus jeune jouait au basket à côté de la porte du garage.)

— J'y vais. (Buffy, qui était calée entre Oz et Alex, donna un petit coup de coude à celui-ci pour qu'il lui ouvre la porte du van.) C'est un mec, et je suis blonde.

— Je m'incline devant cette logique infaillible, répondit Alex en la laissant sortir.

Buffy était vêtue d'un pantalon noir et d'un petit haut moulant rose, et il était impossible qu'un garçon de plus de dix ans ne fasse pas attention à elle. D'ailleurs, le collégien rata un panier quand elle lui fit un signe en souriant.

— Hé, Winston ! cria Buffy en se dirigeant vers lui.

Il ne l'entendit pas à cause du bruit de la tondeuse. Elle traversa la pelouse à grandes enjambées et lui tapa sur l'épaule.

Winston eut un mouvement de recul quand il se retourna.

Buffy lui dit quelque chose qu'Alex ne put entendre, mais qui aurait pu laisser croire que Buffy avait une haleine de chacal, puisque Winston débrancha la tondeuse, lui tourna le dos et se dirigea droit vers la maison.

Surprise, mais pas démontée, Buffy le suivit :

— Winston, attends. (Elle marqua une pause en bas des marches du perron.) Winston ! Il faut que je te parle !

Le gamin à la porte du garage s'arrêta de dribbler et dit :

— T'es vraiment un con, Winston.

— Va te faire foutre, Sidney, riposta Winston avant de claquer la porte derrière lui.

Buffy poussa Alex au centre de la banquette en remontant dans le van.

— T'as dit quelque chose qui lui a pas plu ? (Alex se plaça de sorte à être plus près de Buffy que d'Oz.)

— J'crois pas, non. (Buffy soupira en secouant la tête.) Je ne suis même pas certaine qu'il m'ait entendue.

— Ça facilite pas les choses pour faire passer un message. (Oz démarra.) Pourtant, il a bien entendu ce que lui a dit son frère.

— Tu crois que c'est juste nous ? demanda Buffy.

— J'sais pas, mais ça sert à rien de continuer si aucun d'eux ne veut nous écouter, dit Alex. On serait plus utiles à aider Giles à la bibliothèque.

— Je ne déclare pas encore forfait. On peut peut-être y arriver avec Michael.

— Ça m'étonnerait, répliqua Oz. Pas si Shugra lui a promis de lui rendre Amy.

— Allons-y, dit Alex.

— On va peut-être faire d'une pierre deux coups, dit Oz en se garant derrière la voiture d'Anya – qui se dirigea vers la maison sans leur jeter un regard.

Michael était assis sous le porche.

— Ça m'ennuie de te dire ça, Alex, mais sur ce

coup-là, c'est toi qui es le mieux placé. (Buffy ouvrit la porte et sauta du van.)

Alex grogna. Les tentatives maladroites d'Anya pour le séduire étaient flatteuses, mais jusqu'ici sa raison avait primé sur ses hormones.

— J'y vais pas tout seul, Buff. Tu viens avec moi.

— D'accord. Si tu arrives à faire en sorte qu'Anya t'écoute, peut-être que Michael suivra.

— On peut toujours espérer. (Alex rassembla ses forces.) Anya !

Anya se retourna et son visage s'illumina quand elle vit Alex :

— Alex ! Salut !

— Un point, marmonna Buffy derrière un sourire figé. Elle parle.

— Ouais, mais pour combien de temps ? Michael a l'air pétrifié.

Ce dernier saisit Anya par le bras et essaya de l'entraîner.

— Michael a toujours l'air pétrifié.

— Ouais, mais pour une fois, ce n'est pas à cause des couches de maquillage qui lui plâtrent le visage.

Anya dégagea son bras de l'emprise de Michael, les yeux toujours braqués sur Alex :

— Tu me cherchais ?

— En fait, non, répondit Alex. On voulait parler à Michael.

— Ah ! (La lueur dans le regard d'Anya s'assombrit.) Il ne peut pas vous parler.

Michael recula en trébuchant, fit demi-tour et battit en retraite à l'intérieur de la maison.

— Michael ! Attends ! (Buffy grimpa prestement l'escalier et, pour la deuxième fois de la journée, la porte lui claqua au nez.)

— Je vois que t'as encore des progrès à faire côté

tact… (Anya ne se vexait pas quand Alex était direct, et c'était la seule chose qu'il aimait bien chez elle.)

— C'est pas de sa faute. Vous ne faites pas partie du… (Anya fronça les sourcils, comme si elle avait soudain oublié ce qu'elle allait dire.)

Buffy descendit les marches :

— Pas partie de quoi, Anya ?

Anya ne lui répondit pas – et ne la regarda d'ailleurs même pas.

— Pas partie de quoi ? répéta Alex. Du cercle de sorciers de Crystal ?

— Non ! Comment ça ? Quel cercle de sorciers ? (Anya haussa les épaules et sourit.)

— Il y a un truc qui m'échappe. Michael ne peut pas nous parler mais, toi, si. Enfin, à moi. (S'étant fait rembarré par tous les membres de la clique d'élus de Crystal, l'attitude communicative d'Anya à son égard perturbait Alex.)

— T'occupe, Alex. (Buffy lui lança un regard lourd de sous-entendus.)

— Oui. (Alex respira profondément. *Vas-y, lance-toi tant que c'est possible.*) O.K., Anya. Voilà ce qui se passe. Si tu participes à ce rituel avec Crystal, tu vas perdre la tête. Et ce n'est pas une image.

— Je vois pas de quoi tu veux parler.

— Mais si. Tu t'es bien engagée auprès d'elle pour pouvoir retrouver tes pouvoirs, non ? Eh bien, tu laisses tomber. Tout ce que tu vas avoir en échange…

Anya se rua vers la porte d'entrée de la maison de Michael.

Alex éleva la voix :

— … c'est la mort, ou pire ! Genre être la marionnette de Shugra jusqu'à la fin des temps. Anya ! (Il tressaillit lorsque la porte claqua.)

Crystal se retira de l'esprit d'Anya. La jeune fille avait rejeté l'avertissement d'Alex sans la moindre hésitation. En dépit de sa longue expérience, Anya était rebelle et prête à tout. Alors que Winston, Michael et le reste des membres du cercle menaient une guerre adolescente à l'autorité et à l'enfermement, Anya luttait contre l'injustice de son destin de mortelle. *Et les jeunes sont tellement égocentriques et soucieux de leur image, tellement dévorés par l'envie de pouvoir, que rien ne peut les pousser à trahir.*

Pas même l'amour.

Mais Alex l'avait appelée Shugra.

Le bibliothécaire avait apparemment découvert des textes anciens qui révélaient son nom. C'était contrariant, mais pas inquiétant. Les facultés de Willow étant diminuées, ni Giles ni la Tueuse n'avaient le pouvoir d'arrêter le rituel. Le nom de Shugra serait connu dans le monde entier le lendemain.

Il lui restait néanmoins un détail à vérifier. Crystal décrocha le téléphone. Quand Mme Wayne répondit, elle demanda à parler à Lindsey. Suite au refus de Willow la veille au soir, elle avait exclu Janice McDonald de la liste des contacts interdits de Lindsey. Le nom de Janice lui avait été donné quand elle recherchait des élèves appropriés pour le cercle, mais cette dernière avait finalement été éliminée, du fait de sa piètre affinité avec la magie.

— Crystal ! Bonjour ! (Lindsey était surexcitée.) C'est trop bizarre, je viens juste de parler à Janice.

— Et… ? demanda sèchement Crystal.

— Elle vient avec moi ce soir. (Lindsey rit.) Elle est super-contente, et il n'y a pas de problème pour le serment et tout le reste. Elle déteste tellement Harmony qu'elle ferait n'importe quoi pour…

— Lindsey ! (Crystal lui coupa la parole d'une voix

cassante puis se radoucit.) Il ne faudrait pas que quel-qu'un t'entende.

Assurée que Janice « *emporterait leur secret dans sa tombe* », Crystal raccrocha. Satisfaite, elle ferma les rideaux de sa chambre et sourit. Après toutes ces années, tout était en place. Elle n'avait omis aucun détail.

Elle se mit à penser à Ulmdorf. Les autorités avaient été alertées de la présence de sorcellerie au village parce qu'elle avait recruté trop de gens. Comme à Ephèse. Après avoir déchargé sa colère au château d'Aufklaren, elle s'était exilée en Angleterre, où elle avait passé le reste de cette vie-là à calculer le nombre minimum d'initiés nécessaires pour attirer le grand courant. Quant à son séjour à Salem, il s'était avéré profitable – bien qu'en 1692 la rivière-source eût été loin du voisinage cosmique de la Terre. Il lui avait permis de vérifier qu'elle pouvait aisément assembler et contrôler un cercle de douze personnes, et que ce nombre permettait une variété de combinaisons. A treize avec elle comme intermédiaire de la magie, ils généraient assez d'énergie psychique et magique pour mener la tâche à bien.

En limitant les risques de fuites.

Après avoir vu l'effondrement et les aveux de Herr Decker dans le donjon de l'évêque Steuben, elle aurait dû comprendre que la loyauté des adultes n'était pas fiable. Elle finit par en tirer la leçon lorsque Amanda Hill la trahit.

Salem, Massachusetts : 1692

Tranquillement assise dans la forêt, Miriam suivait la trace d'Amanda qui accourait vers elle. Les jours pré-cédents, la terreur avait gagné la petite communauté comme une traînée de poudre. Il s'était écoulé deux siècles depuis qu'Ilse Pfeiffer avait échappé à l'Inquisition en Allemagne et la persécution des sorcières en Europe s'était calmée. Toutefois, la pratique de la sorcellerie continuait d'une façon sensiblement différente. Exaltés par leurs faibles aptitudes pour la magie, nombreux étaient ceux qui l'exerçaient avec trop peu de discrétion.

— Les idiots, marmonna Miriam.

Les expériences puériles de Betty Parris et d'Abigail Williams avaient provoqué chez elles des crises de délire devant témoins. Et une fois de plus, les suspects – innocents comme coupables – étaient accusés, interrogés et emprisonnés. Ce qui lui valait la visite d'Amanda, prise de panique – conséquence directe de la naïveté ambiante et du manque de prudence à Salem.

— Miriam ! (La jupe déchirée et les yeux hagards, Amanda pénétra dans la clairière en titubant.) Il faut que tu m'aides ! On m'a accusée !

Shugra savait ce qui s'était passé car elle avait inspecté l'esprit instable d'Amanda. C'était son arrogance et une confiance erronée en ses talents et en son immunité qui avaient éveillé les soupçons à son égard.

— Qui t'a accusée, Amanda ?

— La mère Clara Smythe, ma voisine, a vu la marque et est allée témoigner contre moi au temple, bredouilla Amanda entre deux sanglots.

— Comment Clara Smythe a-t-elle pu voir sous ton col ?

La disgracieuse vieille fille se tassa sous le regard de Shugra et tomba à genoux sans répondre. Elle avait juré de garder les secrets du cercle et de ne pas révéler l'identité de Miriam Trent en échange d'un jeune mari, beau et bien bâti. Se contentant de tester le pouvoir de douze personnes et ne tentant pas une fusion, Shugra aurait pu lui accorder son vœu. Au lieu de cela, la maigre femme avait trahi son serment et serait châtiée.

— Peut-être était-ce parce que tu préparais une potion pour faire taire les aboiements de son chien. Clara ne serait-elle pas venue te voir au sujet de l'odeur abjecte qui venait de chez toi ?

Repliée sur elle-même, la malheureuse femme pleurait en se tordant les mains.

— Et quand tu lui as dit de prendre garde, elle a ri de toi. Et tu lui as montré la marque pour l'effrayer, n'est-ce pas ?

Amanda acquiesça d'un signe de tête.

Shugra soupira. Le mépris flagrant d'Amanda pour la sécurité du cercle ne pouvait être toléré, mais l'expérience s'était avérée concluante. Les onze autres n'avaient dit mot et n'avaient exercé aucune magie susceptible de compromettre Miriam ou sa quête. Ils avaient tous moins de dix-huit ans. Amanda en avait vingt-huit.

— Que veux-tu que je fasse ? demanda Shugra par curiosité.

— Enlève-la ! (Amanda déchira son col et exhiba la marque rouge symbolisant l'existence éternelle de Shugra et son pouvoir infini.) Enlève-la et il n'y aura plus de preuve ! Je t'en supplie.

— Non.

Amanda blêmit, puis hurla d'une voix hystérique :

— Mais comment pourrais-je t'être utile pour le rituel si je suis morte ?

Shugra n'avait rien à gagner en continuant à jouer la comédie avec elle. La pitoyable femme méritait de souffrir :

— Tu as perdu la vie à l'instant où tu m'as donné ta parole, Amanda Hill. Si la rivière-source était à notre portée, ton dernier acte de libre arbitre aurait été ta participation au rituel.

— Mais… tu as dit que nous deviendrions magie, protesta Amanda d'une voix étranglée.

— Oui, en effet. (Shugra sourit.) Tes énergies, ta conscience et ton âme auraient été absorbées par les courants magiques – mais ils seraient devenus miens.

Epouvantée, Amanda recula en chancelant et s'enfuit en courant dans la forêt.

Shugra la suivit d'un pas tranquille, savourant la fraîcheur de l'air du soir et les sons apaisants de la nature. Le nouveau monde lui plaisait mais, tout comme la grande vallée où elle avait vu le jour, la civilisation finirait par le détruire. Quand elle reviendrait dans trois siècles, les vastes forêts, les lacs et les rivières ne seraient plus intacts.

En approchant de la petite maison d'Amanda Hill, elle vit John Corwin et William Stoughton, deux des magistrats enquêtant sur les accusations, quitter INGERSOLL'S TAVERN avec le mari de Clara Smythe et trois autres hommes. Lanternes à la main et l'allure sévère, les dévots avançaient d'un pas résolu.

Elle attendit que les honnêtes citoyens eussent pénétré dans la maison d'Amanda. Celle-ci – à qui son père avait appris à lire et à écrire, un autre péché aux yeux des hommes au pouvoir – était en train de gribouiller frénétiquement dans son journal, quand ils l'interrompirent brutalement. On lui confisqua son journal et Amanda fut traînée dehors, implorant leur pitié et accusant Miriam de l'avoir ensorcelée.

Shugra sortit de l'obscurité. Attirant le regard d'Amanda, elle envahit son corps tremblant et lui arrêta le cœur.

Tandis qu'Amanda s'écroulait, morte, Shugra fit disparaître la marque et se volatilisa dans l'obscurité.

Crystal était toujours épuisée par l'énergie qu'elle avait dépensée pour rendre les bois vivants pendant la soirée, et il lui fallait garder les forces restreintes qui lui restaient pour la tâche imposante qui l'attendait. Il allait de soi que Giles et sa bande préparaient une stratégie d'attaque, mais vu que leurs efforts ne pouvaient pas menacer sa magie, elle n'avait pas besoin de charger son esprit d'une surveillance mentale.

Confiante, elle s'endormit en pensant à Miriam Trent.

Après avoir fait disparaître la marque sur les autres initiés pendant leur sommeil, elle s'était évanouie dans la nature sauvage, et personne ne l'avait plus jamais vue. Elle avait vécu seule et avait passé le reste de sa vie à observer les Indiens – qui, comme elle, respectaient le monde. Elle avait quitté la vie de Miriam à l'âge de soixante-deux ans.

Comme Ilse, Miriam n'avait pas été tuée.

Et Crystal Gordon ne mourrait pas.

CHAPITRE XI

Willow ferma les yeux fort. Giles avait déjà essayé deux sortilèges pour la guérir de son aphasie. Sa première tentative avait eu pour effet de mélanger *tous* ses mots. La deuxième était une recette de guérison vaudou à base d'entrailles de poulet mijotées avec des ingrédients qu'elle préférait ne pas connaître. L'infâme mixture était trop salée à son goût, mais avait eu l'avantage d'inverser les effets du premier sortilège. C'était mieux que rien, seulement elle ne pouvait toujours pas prononcer de mots liés à la magie.

— Prête ? lui demanda Giles en lui souriant gentiment.

— C'est quand vous voulez. (Willow retint sa respiration.)

— Entends-moi, Hécate, déesse des Terreurs nocturnes. *Non facere blasphemare verbum maga, et liber magia dicta.* Au nom d'Hécate, qu'il en soit ainsi.

Giles ajouta le catalyseur. De la fumée et une lumière verte brillante jaillirent du bol.

— Je vois qu'on arrive pour la gerbe finale, dit Alex qui entra, suivi de Buffy et d'Oz.

— J'espère que vous avez eu plus de chance que nous, dit Buffy en toussant à cause de la fumée.

— J'espère qu'on a eu plus de chance qu'*avant*. (Willow sourit.)

— Vérifions ce que cela donne, proposa Giles.

Willow prit une profonde inspiration :

— Bon, alors je vais essayer de parler de Lyrscate et de giema…

Alex s'affala sur les marches :

— Remarquez, on a tout foiré aussi, si ça peut vous rassurer.

— Cela ne nous rassure pas. (Giles se mit à faire les cent pas.)

— Alex a quand même réussi à glisser quelques mots d'avertissement à Anya avant qu'elle nous jette. (Buffy haussa les épaules.) Enfin bon, ça n'a pas vraiment eu l'effet que nous espérions.

— Pas vraiment non, sachant qu'elle nous a claqué la porte au nez, ajouta Alex.

Buffy hocha la tête et demanda :

— Giles, est-ce que nous avons absolument besoin des compétences de sorcière de Willow ?

— Indiscutablement. Et c'est plus qu'une simple affaire de compétences. C'est une affaire d'équilibre. Face à un démon aussi puissant que Shugra, la bonté et la pureté de Willow pèseront dans la balance.

— Mais vous êtes quelqu'un de bon, Giles, intervint Willow. D'accord, vous n'êtes peut-être pas aussi pur à cause de… Vous êtes un adulte, quoi… et puis il y a eu ces histoires avec Eyghon, mais quand même. Vous êtes un bien meilleur jeteur de sorts que moi. Vous ne pouvez pas le faire ?

— Je crains d'avoir déjà pris mes aptitudes en ligne de compte. (Giles fronça les sourcils.) Je crois que nous aurons besoin de lancer deux sorts simultanément pour cette attaque. Un pour faire dévier la magie de Shugra et l'autre pour forcer ses champs protecteurs. Je devrais pouvoir me charger des champs.

— Mon souvenir du sort que nous avons utilisé cette

nuit dans le bois ne m'inspire pas confiance, dit Alex en haussant les épaules.

Giles ne se vexa pas :

— Les conditions seront plus favorables ce soir. Enfin, tout est relatif.

— Et peut-on savoir en quoi elles seront « *plus favorables* » ? demanda Buffy qui regarda Giles entrer dans la cage toujours sans porte.

Giles sortit plusieurs livres des étagères et des cartons :

— Shugra a peut-être un pouvoir immense, mais elle a un corps humain, avec toutes les limitations que cela implique. Il va lui falloir des quantités industrielles d'énergie télépathique, magique *et* physique. Elle va donc devoir doser ses efforts physiques. (Giles posa une pile de livres sur la table de travail.) Cela n'affectera toutefois pas le pouvoir de sa magie quand nous attaquerons directement. Au mieux, on peut espérer que les bois seront praticables.

— Praticables. (Buffy jeta un regard de côté à Giles.) Genre baladons-nous sans se faire agresser par des plantes et des branches, ou genre surveillons où on met les pieds car tout peut arriver ?

— Tout peut arriver, je pense, mais ce n'est pas cela qui nous intéresse le plus dans l'immédiat, répondit Giles en jetant un regard furtif à Willow.

— Bon, euh… Il doit bien y avoir une chose qu'on puisse faire. Une chose à laquelle Stalcry n'a pas pensé. Toutes les machinations diaboliques ont une faille.

— Moi, j'en vois aucune, marmonna Alex.

— J'ai une idée. (Tous les regards convergèrent sur Buffy.) Peut-être que je me plante, mais… et si Willow faisait converger son pouvoir sur quelqu'un d'autre ? Sur moi, par exemple.

— Le pouvoir de Willow plus ton pouvoir de Tueuse ? (Oz hocha la tête.) Ça peut le faire.

— C'est possible, mais il faudrait utiliser un sortilège de liaison. (Giles fouilla dans les livres, trouva celui qu'il cherchait et l'ouvrit.) Excellente idée, Buffy.

— Merci. (Buffy avait l'air ravie.) Je sais, je suis géniale !

— Une seconde ! (Alex leva les yeux brusquement.) Un troisième sortilège ? Aux dernières nouvelles, on n'avait qu'un seul jeteur de sorts en état de marche. Vous, Giles.

— Oui, en effet… (Giles feuilletait le livre.) Mais peut-être qu'Angel pourrait se charger du sortilège de liaison.

— Tout à fait, approuva Willow. Il s'en était très bien sorti avec Gwendolyn Post quand…

— Si cela ne vous ennuie pas, on reparlera de Mme Post un autre jour, dit Giles en leur tendant un livre à chacun.

Crystal se leva en fin d'après-midi et prit un long bain. Détendue, elle enfila une robe noire descendant jusqu'aux mollets et aux manches très évasées aux poignets, puis elle regarda son reflet dans le grand miroir ovale qui était dans la famille Gordon depuis cinq générations.

Ce soir, j'accomplirai la destinée pour laquelle je suis née, voilà dix-neuf mille ans.

Et demain, le vrai monde sera rétabli.

Elle anéantirait Sunnydale en premier. Sa colère attirerait un orage de magie primitive qui s'abattrait sur la petite ville qu'elle réduirait à un tas de décombres. Il ne lui faudrait ensuite pas longtemps pour livrer la population de la Terre à la merci des éléments – et de la seule vraie fille de la terre, du vent, de l'eau et du feu.

Le jour baissait quand Crystal se dirigea vers la clairière pour y attendre les initiés.

La bibliothèque était en ébullition. Alex préparait des charmes de protection en se plaignant de l'odeur. Ayant vérifié sa check-list pour la dixième fois, Giles jugea qu'il était paré et ferma son sac. Armée du fusil à tranquillisant, Cordélia faisait les cent pas et regardait sans cesse l'heure. Dans la cage, Oz testait la solidité des chaînes et des menottes.

Sur la mezzanine, Buffy, butant encore sur les mots en latin, relisait l'incantation qu'elle devait mémoriser.

Willow s'assit à côté d'elle :

— Comment ça va ?

— Pas génial. J'ai comme qui dirait un blocage avec les langues mortes.

— Ça ira, Buffy. Il faut juste que tu n'oublies pas de dire l'incantation en y mettant du cœur. Nourris-toi de ta colère et pense que si tu n'y arrives pas, elle va devenir l'entité la plus puissante au monde – et qu'on va tous finir en merguez.

Buffy grimaça : elle était une Tueuse de vampires, pas une sorcière. Pulvériser une dizaine de vampires pendant un tremblement de terre lui semblait un jeu d'enfant à côté de ce qu'elle allait devoir faire pour contrer la magie de Shugra.

— Fais-moi confiance. (Willow lui mit la main sur l'épaule en souriant.) On va y arriver.

— Ouais.

D'après Willow, l'efficacité des sorts dépendait grandement de l'énergie émotionnelle. Et quand elle pensait à la sorcière des bois, elle ressentait une animosité à tout casser qui compenserait sans doute largement son manque d'affinité magique.

Giles jeta un coup d'œil à sa montre :

— Il faudrait installer Oz.

— C'est quand vous voulez, répondit l'intéressé.

Il se laissa attacher par Giles. Il portait de vieux vêtements qui ne survivraient pas à sa transformation. Comme témoignage silencieux de sa foi dans la chasse aux sorcières de ses amis, il avait apporté des affaires propres – espérant bien reprendre figure humaine à l'aube dans le bon vieux Sunnydale débarrassé de la sorcière primitive.

Buffy repassa la formule magique dans sa tête en descendant de la mezzanine. Elle s'arrêta et vérifia son papier, surprise de voir qu'elle la connaissait et que même les mots en latin ne lui posaient aucun problème.

— Approchez, m'sieu dames, et venez donc chercher vos charmes qui puent ! (Alex en lança un à Buffy.) Voilà pour vous, ma p'tite dame.

Buffy l'attrapa et fit semblant de chanceler à cause de l'odeur infecte.

Willow se dirigea vers la cage et en prit un au passage. Elle embrassa Oz et recula prestement d'un pas quand celui-ci fut agité d'une secousse :

— Sois gentil.

— Il a intérêt. (Cordélia plaça une chaise à quelques pas de l'entrée de la cage.) Sinon, je tire à bout portant.

— Cordélia a la gâchette facile. Comme si je n'avais pas assez de raisons de faire des cauchemars jusqu'à la fin de mes jours. (Alex détourna le regard tandis qu'Oz commençait à se transformer.)

— Le fusil est chargé, riposta Cordélia en tournant lentement la tête. Continue et je te plombe.

— Bon, on arrête de se chamailler et on se met en route. Nous devons être parés quand la lune se lèvera.

Le loup-garou gronda et cogna dans la cage.

Alex bondit :

— Il a fallu que vous parliez de la lune.

Cordélia positionna le fusil et visa.

Les chaînes stoppèrent la bête mais provoquèrent un déchaînement de claquements de mâchoires et de grognements enragés, juste au moment où Joyce faisait irruption dans la bibliothèque.

CHAPITRE XII

Buffy eut le souffle coupé et son esprit s'embrouilla. Sa mère débarquait au QG de la Tueuse dont la mascotte était un loup-garou.

Cordélia cacha brusquement le fusil dans son dos :

— Buffy ! Ta mère est là.

— C'était de la folie à la galerie… (Joyce huma l'air.) Qu'est-ce que c'est que cette…

Giles ne se laissa pas démonter par la soudaine apparition de Joyce. Il lui attrapa le bras et lui fit faire demi-tour avant qu'elle n'arrive à la hauteur du loup-garou déchaîné.

— … odeur ? (Joyce jeta un regard mauvais au bibliothécaire.) Non, mais qu'est-ce qui vous prend ?

— Vous arrivez juste à temps, répondit-il. Nous nous apprêtions justement à partir.

— Tout à fait ! (Willow et Alex serrèrent les rangs derrière eux.)

— Attendez ! (Buffy fonça dans le couloir et vint se placer devant sa mère et Giles, leur bloquant le passage.) Elle ne vient pas avec nous.

— Bien sûr que si. (Joyce se dégagea de l'emprise de Giles.)

— Maman… Ça ne va pas te plaire, crois-moi. Des bois flippants, une méchante sorcière, une tonne de magie démoniaque, c'est très dangereux. Si tu veux vraiment m'aider…

— A vrai dire, elle peut nous aider, Buffy, la coupa Giles.

— Giles ! Comment pouvez-vous me demander de risquer…

— Il ne te le demande pas, ma chérie. (Sa mère la regardait droit dans les yeux et parlait d'une voix posée.) Moi non plus, d'ailleurs. Je suis de la partie. C'est comme ça.

— Je vous expliquerai en route, dit Giles.

— Mais…

Joyce, Alex et Willow emboîtèrent le pas à Giles, ignorant la protestation de Buffy, qui les suivit, furax.

Sur le chemin du manoir d'Angel, Giles mit Joyce au courant de leur plan.

— Par ailleurs, annonça-t-il, en cherchant le sort pour raccorder Buffy à Willow, j'en ai trouvé un autre qui nous reliera tous à elles deux et qui nous permettra de renforcer considérablement leur pouvoir.

— Maman, je ne peux pas…

— Laisse-moi finir, Buffy, dit Giles gentiment. Depuis des milliers d'années, Shugra utilise et détruit des gens avec une indifférence perverse. Au fil des siècles, elle est devenue plus puissante que n'importe quel démon ayant jamais parcouru la Terre. Le monde ne connaît pas encore l'étendue de son pouvoir – ni de sa malveillance. Willow et toi allez avoir besoin de toute l'énergie positive possible pour avoir ne serait-ce qu'un espoir de la vaincre. Et ta mère a beaucoup à offrir à cet égard.

— Peut-être que ma présence jouera en votre faveur. Peut-être pas. Je ne vous ai jamais fait défaut quand je me suis trouvée accidentellement embarquée dans vos histoires, intervint Joyce. Cette fois, je m'incruste parce que je suis convaincue que je peux être utile. Je ne peux pas te laisser tomber, ma chérie. Tu comprends ?

— Ouais, finit par dire Buffy. Si j'étais à ta place et toi à la mienne, je penserais la même chose.

— Alors, ta mère fait officiellement partie de la bande ? demanda Willow pour détendre l'atmosphère.

— Juste pour ce soir. (Buffy sourit.) Et quel est l'inconvénient dont vous n'avez pas encore parlé, Giles ?

— Eh bien… Si Shugra blesse ou tue l'un de nous pendant que nous sommes reliés, nous subirons tous le même sort.

Après s'être garés, Anya et ses passagers commencèrent à remonter l'allée de terre battue. Elle frissonna. Les arbres bordant l'allée se dressaient, menaçants et amplifiant l'agitation à laquelle elle avait été en proie depuis qu'elle avait vu Alex pendant l'après-midi.

Kari et Rébecca se parlaient à voix basse, excitées par la perspective du rituel et par les promesses que Crystal leur avait faites. Même Michael, d'un naturel calme et réservé, semblait galvanisé. Traînant derrière eux, Anya réfléchissait et eut soudain un éclair de clairvoyance.

Elle sut qu'une fois que la sorcière aurait eu ce qu'elle voulait, elle n'aurait aucune raison de tenir ses promesses.

Elle trébucha sur une racine.

Son esprit devint vide et l'étincelle de scepticisme s'évanouit.

Crystal verrouilla la conscience d'Anya. Elle avait prévu cette incertitude chez la jeune fille. Elle lui rendrait son libre arbitre quand la cérémonie préliminaire commencerait.

La sorcière était assise dans un fourré derrière la plus

haute pierre. Les torches éclairant la clairière proje-
taient des ombres changeantes sur les arbres. Huit initiés étaient déjà arrivés, tous vêtus de tons de gris et de
noir. Ils parlaient tout bas, à la fois intimidés et excités,
tout en se régalant de viandes grillées, de pain frais et
de légumes croquants autour d'un buffet qu'elle avait
dressé. Ils buvaient dans des chopes en étain gravées à
leur nom. Dissimulé dans les broussailles, un poste por-
table diffusait un CD de musique New Age. L'ambiance
festive et apaisante à la fois était destinée à leur donner
une impression de sécurité et de bien-être.

Comme prévu, Janice avait amené Lindsey. Ses yeux
bleus brillaient d'excitation.

Pas idéale, mais elle fera l'affaire.

La rivière-source était si proche que Crystal pourrait
compenser l'absence d'affinité magique de Janice. Dès
que la lune commencerait à se lever, cette dernière prê-
terait serment et, une fois que les autres auraient
confirmé leurs vœux, le rituel pourrait commencer.

— Kari ! (Joanna fit un signe aux quatre retardataires qui pénétraient dans la clairière. Les yeux brill-
lants, Kari et Rébecca coururent jusqu'à la table.) C'est
génial, non ?

Kari hocha la tête en regardant autour d'elle :

— C'est pas du tout ce que j'avais imaginé. Je
croyais que ça serait, comment dire… plus sérieux.
Genre avec des bougies et des grandes robes noires…

— Ça, c'est dans les livres. T'inquiète. Je crois pas
qu'on va être déçus, dit Winston. (Il tendit une chope à
Michael et leva la sienne pour trinquer.) A la magie. Et
à Crystal.

Crystal attira Anya vers le fourré et effaça de sa
mémoire le souvenir de sa discussion avec Alex. Elle la
laissa ensuite se joindre aux autres.

— … *imperium iussu.*

Giles serra les poignets attachés de Buffy et Willow, et attendit un instant. Quand le léger fourmillement qui se dégageait de leur peau cessa, il dénoua la lanière de cuir.

— C'est tout ? Mes doigts sont engourdis, dit Buffy en secouant la main.

— Alors, on n'a pas besoin de se toucher ? La magie saute tout simplement de moi à Buffy ? demanda Willow.

— Oui, comme un arc électrique, expliqua Giles en leur donnant une amulette en cuir à chacune.

Les autres ne seraient pas reliés à elles tant qu'ils n'auraient pas atteint le lieu du rituel – au cas où l'un d'entre eux n'y arriverait pas.

— T'es sûre que ça va aller, Maman ?

— Oui, répondit Joyce avec un sourire crispé. (Elle baissa les yeux sur ses vêtements.) A part que je ne suis pas habillée pour vadrouiller dans les bois la nuit.

— Votre tenue ne changera rien, lui dit Giles.

Ce qu'ils portaient tous importait peu. Ce n'étaient pas des tenues de camouflage qui empêcheraient Shugra de repérer leur présence.

— Quand la lune se lèvera, vous vous fondrez très bien au décor, ajouta Willow en accrochant un sécateur à sa ceinture.

— Moi, je ne me refais pas un plan flippant dans le noir, décréta Alex en levant sa torche.

— Ça risque rien, si tu ne la perds pas dans un maré-cage, répondit Buffy en allumant la sienne.

Ils se dirigèrent vers la maison. Giles avait expressé-ment demandé aux filles de ne pas se séparer, quoi qu'il arrive. Ayant compris qu'elle était susceptible de déconcentrer Buffy, Joyce fermait la marche juste der-rière Giles.

Ils atteignirent la maison sans encombre.

— Ça m'a l'air bien calme. (Alex dirigeait sa torche sur les fenêtres tandis qu'ils contournaient la maison.) Serait-ce une réaction à retardement du sort que vous avez jeté hier soir, Giles ?

— J'en doute fort. Je parierais plutôt que Shugra épargne ses forces.

— Ou qu'elle veut que nous nous enfoncions dans les bois, dit Buffy.

— Où nous devons aller de toute façon. (La voix posée de Joyce contrastait avec le léger tremblement qui la parcourait.)

— Je les entends. (Angel penchait légèrement la tête, son ouïe développée de prédateur discernant des sons inaudibles pour les humains.) Droit devant.

Buffy s'engagea sur le chemin qu'ils avaient emprunté la veille.

— Je dirais que la clairière est à environ un quart d'heure de marche d'ici, dit Willow.

— Un quart d'heure si le chemin ne disparaît pas et que les arbres ne nous mordent pas. (Alex cherchait Angel avec le faisceau de sa lampe.) Je voulais juste être sûr que tu étais bien derrière moi. C'est bien la première fois que ça me rassure, marmonna-t-il.

— Nous n'avons pas vu de vampires, dit Joyce en agrippant le pull de Giles.

— D'après Willy la fouine, les morts vivants se tiennent à carreau jusqu'à ce que cette histoire se termine. D'une façon ou d'une autre, expliqua Angel.

— Autrement dit, je risque ma vie pour un monde meilleur pour les vampires, dit Alex en soufflant d'un air écœuré.

— Nous ferions mieux de nous taire, leur signala Giles.

Ils s'enfonçaient dans la forêt, et les arbres restaient

fermement enracinés et les plantes ne poussaient pas. De temps à autre, un bruissement révélait la présence d'un animal détalant dans les broussailles, et la torche d'Alex avait des soubresauts à chaque fois qu'une chouette hululait. Cette absence de pièges ne rassurait toutefois pas Giles, qui ne fut pas surpris quand toutes les torches s'éteignirent en même temps et qu'ils se retrouvèrent soudain plongés dans une obscurité totale.

— Restez près de moi, Joyce, dit-il. Mieux vaut ne pas nous séparer.

La main de Joyce se resserra sur son pull :

— Buffy ?

Le silence qui s'ensuivit et le halètement de Joyce fendirent le cœur de Giles.

— Willow ! appela Buffy d'une voix anxieuse.

— Je suis là. (La main de Willow frôla la manche de Buffy avant de s'accrocher à sa ceinture.)

— Maman ? Giles ?

Quand elle n'entendit pas de réponse, Buffy fit rapidement taire son angoisse. Shugra les avait divisés dans le but de les faire paniquer, mais cela ne marcherait pas. Ses instincts de Tueuse prirent le dessus sur l'appréhension qu'elle éprouvait à l'idée d'être l'interprète de Willow.

— Ça va, Willow ? Enfin, dans la mesure où on n'y voit que dalle et que les autres ont disparu ?

— Oh ouais, ça va super bien ! (Willow haussa les épaules.) Remarque, on est ensemble. C'est déjà ça.

— Oui. (Buffy appuya sur l'interrupteur de la torche et sursauta quand elle s'alluma.) Tiens, tiens…

— Oh, oh. (Sans lâcher la ceinture de Buffy, Willow jeta un coup d'œil par-dessus son épaule. Des arbres poussaient en travers du chemin, à l'endroit où les autres se tenaient auparavant.)

Buffy balada sa lampe autour d'elles et remarqua que le chemin sur lequel elles se trouvaient bifurquait sur la droite, un subterfuge sans doute destiné à les éloigner de la clairière.

— Accroche-toi, Willow. J'ai comme l'impression que ça va être sportif.

Willow s'enfonça dans les sous-bois derrière Buffy :

— Tu sais où tu vas ou t'avances au pif ?

Buffy faucha une épaisse plante grimpante à coups de machette :

— C'est juste une hypothèse. Visiblement, Shugra sait qu'on est là, d'accord ?

— C'est clair. (Willow lâcha la ceinture de Buffy et s'attaqua à une gigantesque toile d'araignée avec son sécateur.)

— Et elle veut… (elles entendirent un craquement au-dessus de leurs têtes. Buffy attrapa Willow et l'attira vers elle au moment où une grosse branche s'écrasait sur le sol) … nous empêcher de nous approcher de la clairière.

— Et d'ailleurs, elle s'en donne à cœur joie, commenta Willow.

— O.K., regarde bien. (Buffy fit quelques pas sur la gauche. Aucun obstacle végétal ne lui barra la route. Elle revint sur ses pas et avança sur le chemin envahi par la végétation en donnant d'habiles coups de machette.) Ça, c'est le bon chemin parce que c'est celui qui nous résiste.

Willow dégagea une branche morte sur laquelle des épines s'étaient mises à pousser :

— Ouais, et j'ai comme l'impression qu'elle commence à s'acharner.

— Un peu, oui.

Shugra commençait tout juste à s'échauffer.

— On n'aurait pas dû quitter le chemin. (Alex se baissa pour passer sous un arbre dont le tronc était tronqué à la base et dont le faîte était calé dans les hautes branches d'un séquoia qui avait retenu sa chute.) C'est pas parce que tu as deux cent cinquante ans que tu sais tout.

Angel n'eut pas le temps d'expliquer pourquoi il avait choisi de prendre un chemin à travers les broussailles. Il entendit bouger les plus hautes branches de l'arbre mort. Il se jeta sur Alex qu'il balança sur son épaule et se mit à courir sous une pluie de branches cassées, tandis que le lourd pin s'écroulait.

— Remarque, j'ai pas à me plaindre de tes réflexes, dit Alex toujours en travers de l'épaule d'Angel quand celui-ci finit par s'arrêter au bord d'un étang. Mais, c'est bon. Tu peux me lâcher maintenant.

Angel fut tenté de le jeter violemment à terre, mais se reprit. L'animosité d'Alex n'était pas déplacée, mais ses remarques acerbes rappelaient constamment à Angel la période où, dans la peau d'Angélus, il avait terrorisé Buffy et ses amis. Giles avait passé l'éponge à contrecœur, tout comme Willow. Mais Alex ne le lui pardonnerait jamais et ne lui permettrait pas d'oublier.

— Merci. (Alex se redressa, les cheveux et la dignité en bataille.) Je suppose que cela ne t'a pas effleuré de tout simplement me crier de courir.

— Pas plus que cela ne t'effleure de la fermer.

— Ah, je vois. (Alex croisa les bras.) Je préférais nettement la compagnie de Giles.

— Eh bien, quand on l'aura retrouvé, tu pourras changer de partenaire.

Alex ne répondit pas. Angel sonda les bois environnants. Il repéra un lapin à l'odeur. Des grenouilles étaient tapies dans la vase autour de la mare, attendant en silence que les intrus s'en aillent. Il entendit des voix chuchoter, un rire étouffé – et son nom tandis qu'il essayait de localiser le bruit.

— Angel…

— Attends, Alex.

— J'ai… aaarh…

Alex fit volte-face et se rua sur Alex dont les mains étaient agrippées à une gigantesque plante grimpante qui lui enserrait le cou. A peine avait-il touché la liane qu'elle resserra son emprise et tira vers le haut. Alex ouvrit des yeux terrifiés quand ses orteils décollèrent du sol.

Angel le fit descendre d'un coup brusque et distendit la tige qui étranglait Alex. Il sortit son couteau, tout en luttant pour empêcher la plante d'étouffer à nouveau le jeune homme. Secouant Alex comme une poupée de chiffon, la plante s'agita dans tous les sens pour éviter la lame. Quand Angel eut réussi à couper la tige, Alex s'écroula

— Désolé. (Angel s'agenouilla et toucha le bras d'Alex.) Je ne savais pas…

Suffoquant et toussant, Alex hocha la tête.

— Finalement, tu devrais peut-être parler tout le temps. (Angel eut un sourire ironique.) Comme ça, si tu te tais, je saurai que t'as un problème.

— Très drôle. (Cherchant toujours à reprendre son souffle, Alex s'assit avec peine et massa sa nuque endolorie.)

Un clapotis dans la mare attira l'attention d'Angel. C'était juste une grenouille. Qui grossissait à vue d'œil et se transforma en une espèce de dinosaure amphibie.

Il saisit Alex par le poignet, le remit debout et le poussa au moment où la créature chargeait en grondant. Jambes écartées et couteau au poing, le vampire s'arc-bouta pour affronter l'impact de cette bête de deux cents kilos et de deux mètres cinquante de haut.

Derrière lui, Alex leva la torche, dans la lueur de laquelle des yeux jaunes de reptile brillèrent. Les mâchoires de la bête claquèrent, dévoilant de longues dents acérées qui éraflèrent le bras d'Angel quand il sauta sur le côté. Il essaya de plonger le couteau dans la créature. La lame ricocha sur un torse couvert d'énormes écailles recouvertes d'un liquide gluant. Le monstre pivota et renversa Angel d'un coup de sa gigantesque queue.

Les narines dilatées, la créature lui asséna un violent coup de patte avant. Angel parvint à l'esquiver de justesse en roulant sur lui-même, mais son manteau se retrouva coincé sous une des énormes pattes arrière de la bestiole. Tandis qu'il se débattait pour déchirer son cache-poussière, Angel vit Alex se saisir d'une grosse branche et la jeter sur leur adversaire qui se retourna et fit valser Alex d'un coup de sa puissante queue.

Le manteau d'Angel céda et il réussit à se dégager d'un mouvement brusque. La bête manqua de peu de lui déchiqueter l'épaule d'un coup de gueule, mais Angel ne put complètement échapper à ses crocs quand elle tenta de lui mordre la jambe, qu'elle entailla profondément. Le vampire donna un coup de couteau dans les écailles plus tendres recouvrant la gorge de la créature. Le couteau pénétra dans la peau épaisse et du sang s'écoula de l'entaille. L'animal releva violemment la tête et l'arme, toujours plantée dans sa gorge, échappa aux mains d'Angel.

Celui-ci se dégagea tant bien que mal. Il ne pouvait pas récupérer son couteau sans risquer d'y perdre un bras. Il sauta deux fois jusqu'à la gorge de la créature, essayant vainement de trouver une ouverture.

Alex lança alors une grosse pierre qui atteignit la bête derrière la tête. Elle rebondit sans la blesser, mais détourna son attention l'espace de quelques secondes.

Angel en profita pour sauter et reprendre son couteau qu'il lui planta dans un œil.

Le monstre hurla et se griffa la tête en se débattant.

Angel se sauva en criant :

— Cours !

— Qu'est-ce que tu crois que je fais ? beugla Alex en détalant derrière lui.

Joyce ne put s'empêcher de hurler. Avant de découvrir que sa fille chassait des vampires et des démons, des serpents hantaient ses pires cauchemars. Devant Giles et elle, des centaines de reptiles grouillaient sur le sol. D'autres, enroulés autour de branches d'arbres, sifflaient en dévoilant leurs langues fourchues et leurs crocs venimeux.

Giles la fit reculer. Joyce frissonna, dégoûtée et gênée de ne pouvoir s'empêcher de réagir comme une femelle effarouchée :

— Je suis désolée, Giles, mais j'ai horreur des serpents.

— Je n'en suis pas très friand non plus, surtout sous forme de tapis.

Joyce respira profondément. Depuis que Giles et elle avaient été séparés des autres, ils avaient pataugé dans un marécage noir qui avait saccagé ses chaussures, traversé des monceaux d'ossements dans un cimetière d'animaux et s'étaient battu avec la végétation pour avancer. Elle avait fait face dignement. Mais là, c'en était trop.

— Je... euh... Je ne passerai pas par là. Je ne peux pas enjamber des serpents.

— Nous n'avons pas le choix, Joyce. Si nous ne le faisons pas, Shugra saura que c'est notre faiblesse et elle inondera la forêt de serpents pour nous faire battre en retraite.

Joyce réfléchit puis hocha la tête. Elle ne reculerait devant rien pour aider Buffy et personne, pas même Shugra, ne pourrait l'en empêcher.

— D'accord.

— Peut-être que je peux éloigner les serpents, dit Giles en sortant des ingrédients et des ustensiles de son sac.

Joyce s'accroupit à ses côtés pendant qu'il préparait rapidement une potion dans un bol.

— Ça devrait être bon, dit Giles en s'essuyant les mains sur son pull. Il ne reste plus qu'à dire quelques mots pour activer la potion.

Il plaça les mains de Joyce sur les côtés du bol et posa les siennes par-dessus. Elle le laissa faire, fascinée :

— Faut-il que je ferme les yeux ou… ?

— Ce n'est pas nécessaire, mais vous pouvez le faire si ceci vous… inquiète.

— Non. (Joyce sourit.) Je pourrais chanter en albanais en équilibre sur la tête, si ça pouvait me débarrasser des serpents.

Quelque chose bougea à côté de sa jambe. Elle frémit puis respira doucement.

— Eh bien, on va garder votre technique en mémoire au cas où celle-ci ne fonctionnerait pas. Allons-y… (Giles s'éclaircit la gorge.) Patrick, Saint de l'Ile d'Emeraude, ordonne à ces bêtes rampantes de disparaître. Qu'il en soit ainsi, comme par le passé.

Joyce se sentait étrangement vivante et euphorique, captivée par le pouvoir sobre de cet homme surprenant. Son cœur palpita quand il ôta ses mains.

Giles remballa rapidement ses affaires et prit la main de Joyce pour l'aider à se relever :

— Je crois que nous ferions mieux de nous dépêcher.

— Ça a marché ? (Joyce suivit des yeux le faisceau

de la torche. Les serpents avaient disparu.) Vous ne faites pas les cafards, aussi ?

— Seulement au printemps.

Giles s'élança dans les bois en la tenant toujours par la main.

Quand ils s'arrêtèrent de courir, elle se plia en deux pour reprendre son souffle :

— Je suis contente que ce soit fini.

— Ce n'est pas fini. (Giles leva la tête.) Cela ne fait que commencer.

La sphère dorée de la pleine lune commençait à émerger au-dessus des arbres.

CHAPITRE XIII

Ignorant l'animation dans la clairière, Crystal, toujours cachée dans son taillis, se concentrait tour à tour sur chaque couple d'intrus. Elle trouvait l'obstination de la Tueuse et de ses amis admirable et exaspérante à la fois. A vrai dire, ils l'agaçaient, mais ils lui avaient même permis de passer agréablement le temps en attendant le lever de la lune.

Elle décida d'ailleurs de continuer à jouer avec eux jusqu'à l'heure du rituel.

Buffy essayait de ne pas penser à sa mère, espérant que les quatre autres étaient ensemble et qu'ils avaient moins de difficultés que Willow et elle à se déplacer dans l'univers insensé de la sorcière. Crasseuse et couverte d'égratignures et de bleus, elle se tenait debout sur un tronc et pestait.

— C'est pas beau à voir, hein ? dit Willow qui la rejoignit sur son perchoir en faisant la grimace.

Devant elles, la forêt était infestée d'insectes. Une multitude de minuscules bestioles volaient et rampaient sur le sol, autour des arbres et dans les broussailles dans un vacarme assourdissant.

— On ne doit plus être loin de la clairière.

— Y a des chances, oui, répondit Buffy en souriant.

Elles n'allaient pas se laisser décourager par quelques millions d'insectes. *Shugra, ma poule, tu as sous-estimé notre détermination et notre ingéniosité*, pensa-t-elle.

— Bon, bah, j'espère que t'as une idée pour traverser ça, parce qu'il y en a trop pour qu'on les écrase tous.

— Tu l'as dit. (Les yeux de Buffy s'illuminèrent. Willow fronça les sourcils, puis hocha la tête en voyant Buffy rouler l'extrémité de branches dans de la sève puis dans des épines de pin, avant de lui tendre une de ses torches improvisées.) C'est un peu artisanal mais… on peut toujours essayer.

Willow sortit des allumettes et alluma sa torche. Buffy fourra sa lampe électrique dans la ceinture de son jean, alluma trois autres torches à partir de celle de Willow et lui en donna une de plus. Elle n'était pas certaine que le feu éloignerait les insectes, mais elle garda ses doutes pour elle. Si cela ne marchait pas, les petites bêtes les mangeraient toutes crues. Cela non plus elle ne le mentionna pas.

— Prête ? demanda-t-elle.

Willow respira un bon coup.

— Qui n'ose rien n'a rien et comme, ce soir, je meurs d'envie de bouffer de la sorcière, c'est quand tu veux.

— O.K. On trace.

Buffy déglutit, prit une profonde inspiration et se jeta dans la nuée. Willow la suivit en poussant un petit cri.

Buffy courait en agitant les torches autour de son corps et de sa tête pour faire fuir les insectes. Il y en avait trop pour tous les chasser. Elle cavalait, tête baissée et bouche fermée. Des insectes s'écrasaient sur son visage, s'accrochaient à ses vêtements et à ses cheveux, la piquant et bourdonnant frénétiquement à ses oreilles. Elle courut jusqu'à ce que le son de carapaces écrasées sous ses pieds cède la place au bruit de ses semelles sur la terre.

Alors, imitée par Willow, elle frotta sa veste et se frictionna vigoureusement la tête. Elles s'aidèrent ensuite mutuellement à enlever les insectes agglutinés sur leurs vêtements et dans leurs cheveux.

Un coup de tonnerre gronda soudain au loin.

— De la pluie ? Remarque, une bonne douche ne nous ferait pas de…

Willow colla sa main sur la bouche de Buffy et lui fit signe de se taire. Buffy hocha la tête, et Willow lui montra alors un épais buisson du doigt. On distinguait des taches de lumière et des chuchotements à travers les branches.

Oubliant les épreuves de la journée, elles rampèrent en silence jusqu'à la lisière de la clairière où elles s'allongèrent sur le ventre. Des torches presque consumées étaient disposées autour de la clairière et on entendait de la musique douce. Elles virent les restes d'un buffet sur une table pliante. Onze des disciples de Shugra étaient assis sur les pierres en demi-cercle devant une plus grosse pierre. Il y en avait toujours une inoccupée.

— C'est maintenant que je dois dire mon incantation ? demanda Buffy à voix basse.

— Non, pas avant le début du rituel. En plus, Giles et… les autres peuvent encore arriver.

Buffy hocha la tête. Elle avait été dans son élément dans la forêt. En voyant à présent Crystal-Shugra apparaître de l'autre côté de la clairière, elle fut submergée par le doute et par la panique qu'elle avait ressentie en classe.

La sorcellerie était le domaine de Willow, pas le sien. Si elle trébuchait sur les mots étrangers ou si sa conviction flanchait, ils mourraient tous et Shugra régnerait sur l'univers.

Crystal grimpa sur la grosse pierre.

Michael se redressa brusquement. Anya lui agrippa la main et lui dit quelque chose à l'oreille. Les autres, captivés et tendus, ne pouvaient détacher leurs yeux de la belle sorcière blonde.

Sans les regarder, Shugra contempla le ciel et leva les bras :

— *Stu da bur gi'st tahr !*

Elle claqua des doigts et la musique s'arrêta, le buffet disparut et les torches s'embrasèrent en crépitant.

— C'est pas gagné, marmonna Buffy.

Crystal ferma les yeux. Impassible, elle vérifiait l'aura émotionnelle qui entourait Buffy et Willow. Leur acharnement leur avait permis de surmonter tous les obstacles, mais les sorts qu'elle avait jetés à la Tueuse et à son amie n'avaient pas été rompus. L'incertitude et la peur de Buffy la rendaient inefficace, et Willow était incapable de jeter un sort. De plus, leurs compagnons luttaient toujours contre l'adversité dans la forêt.

Crystal ouvrit les yeux et fixa le fourré dans lequel les deux amies étaient tapies. Elle décida de les laisser vivre encore un peu. Quand elle déchaînerait son pouvoir pour appeler la rivière à la source, leur terreur ajouterait un peu de piment psychique à la manœuvre.

Elle s'attela à la nécessité immédiate de compléter le cercle des treize :

— Approche, Janice McDonald.

Willow soupira :

— J'ai déjà vu ce passage.

— Pas moi. (Alex s'installa en rampant à côté d'elle.) On dirait qu'Anya n'a pas changé d'avis.

— Aucun d'eux, chuchota Willow.

— Je vois ça. (Alex jeta un coup d'œil à Buffy.) Comment ça se fait que vous n'êtes pas en train de faire vos salamalecs ?

— On espérait que vous arriveriez. Et le gros du rituel n'a pas encore commencé.

— Où est ma mère ? Et Angel ? (La voix et l'expression de Buffy révélaient une peur troublante.)

— Angel s'est planqué quelque part. Je suppose qu'il se prépare psychologiquement. Quant à ta mère et Giles, on les a perdus en même temps que vous.

— Ils vont y arriver, Buffy, dit Willow.

— Je sais. (Buffy recula à quatre pattes dans l'obscurité.)

Ils reportèrent leur attention sur la clairière.

— … et tu auras, en retour, ce que je suis seule à pouvoir te donner : le pouvoir et la vengeance. Le jures-tu ?

Willow se raidit.

— Oui, répondit Janice d'une voix cassée.

Willow secoua la tête en soupirant :

— Viens, Alex. Le cercle de Shugra est au complet. Avec un peu de chance, il ne nous reste qu'une minute ou deux.

Angel tenait Buffy dans ses bras et lui caressait doucement les cheveux. Il recula en voyant arriver Willow et Alex.

— Désolés de vous déranger mais… en fait, le compte à rebours a commencé. (Alex montra la clairière du pouce.) Crystal est prête à décoller.

La mort dans l'âme, Willow remarqua que Giles et Joyce n'avaient pas réapparu. Buffy n'était déjà pas très sûre d'elle pour dire l'incantation mais, si elle était préoccupée par le sort de sa mère, elle aurait, en plus, du mal à se concentrer.

— O.K., soupira Buffy.

Willow fit signe à Angel et à Alex de s'approcher.

— Allez, on se donne la main.

Buffy scrutait désespérément la forêt.

— Buffy ! (Willow s'adressa à elle gentiment mais fermement. La rapidité avec laquelle elle avait pris les choses en main la surprenait elle-même.) Je suis désolée que ta mère ne soit pas là, mais tu dois…

— Elle est là.

En aussi piteux état que le reste de la troupe, Joyce surgit de l'obscurité, suivie de près par Giles.

— Désolée pour le retard, mais la balade a été un peu physique.

— Maman…

Willow remarqua que le sourire de Buffy était soulagé, mais qu'il lui manquait l'étincelle de Tueuse. Malheureusement, elle n'avait pas le temps de s'attarder sur ce qui ne tournait pas rond chez son amie :

— Janice McDonald vient de prêter serment et de se joindre au cercle de Shugra, Giles. Ils sont treize à présent.

— Je vois. (Giles lâcha son sac et entraîna Joyce dans le cercle.)

Ils entendirent soudain le tonnerre gronder au-dessus de leurs têtes et un éclair rouge déchira l'obscurité. Une décharge picota le cuir chevelu de Willow. Buffy frissonna et Joyce lui frictionna le bras en fronçant les sourcils. Elles aussi avaient senti la vibration mystique.

— Le sortilège de liaison. (Giles prit la main d'Alex et de Joyce en levant un regard inquiet sur le ciel.) Vite, Angel.

Angel leva les yeux et dit doucement de sa voix rauque :

— Lie ces âmes contre les Ténèbres, contre le Mal ! Le pouvoir coule en l'une d'elles.

Buffy fut prise de secousses et écarquilla les yeux.

Etait-ce le pouvoir – ou la peur ?

— *Necto sua animae contra acerbus, contra malum !*

La Tueuse se sentit parcourue par une vague de chaleur et des fourmillements. Elle trembla et serra plus fort la main d'Angel.

— *Imperium iussu una !*

Une décharge d'énergie plus puissante se propagea en elle, lui coupant le souffle et l'effrayant par son intensité.

La foudre rouge hurla dans le ciel. Sifflant, craquant, dispersant des étincelles cramoisies, un éclair s'abattit avec un son assourdissant et anéantit le bosquet qui les séparait de la clairière.

Angel lâcha la main de Buffy et Giles la saisit par les épaules :

— Maintenant.

Buffy se retourna, encore sonnée par l'explosion.

A l'endroit où se trouvaient précédemment les arbres, des cendres voltigeaient au-dessus du sol fumant. Terrifiée par la sorcière, elle se figea, la gorge serrée et le cœur battant à tout rompre.

Dans la clairière, les visages des disciples de Shugra trahissaient des émotions allant de l'émerveillement à une soif avide de sang. L'expression de la sorcière était cruelle. Ses cheveux blonds courts se transformèrent en une longue crinière bouclée flottant au vent autour de sa tête.

Shugra regarda le ciel de nuit, et une vague rouge sang submergea la surface de la lune.

Les disciples levèrent les yeux, donnant ainsi à Shugra le pouvoir d'entrer en contact avec le cosmos. Les étoiles clignotèrent et disparurent, éclipsées par la rivière de magie qui menait à la source.

— Buffy, le sort ! (Giles passa la main devant les yeux de la jeune fille, puis jeta un regard à Joyce.) Elle a été envoûtée.

Ignorant Giles, Buffy avait les yeux braqués sur Shugra. Elle n'avait jamais éprouvé une telle peur. Elle se sentait glacée à l'intérieur, son esprit était embrumé, mais elle savait confusément que c'était le fruit d'une influence extérieure.

— Buffy... (Sa mère lui caressa la joue.)

Willow lui prit la main :

— Je suis là, Buffy. Dis juste les mots...

Giles sortit un encensoir en argent de son sac. Il introduisit une allumette dans un des orifices du globe. Des volutes de fumée bleue s'échappèrent du réceptacle quand il se mit à le balancer en récitant une incantation destinée à annuler les champs protecteurs de Shugra.

— Artémis, *domina luna, domina venora*. Fais tomber le bouclier de la sorcière et venge ton nom !

La sorcière posa brusquement les yeux sur Giles. Un sourire sillonna son expression féroce et elle tendit le bras pour neutraliser l'interférence.

— Oh, oh..., marmonna Willow.

— *Shta doh gru !* ordonna Shugra, à laquelle les éléments obéirent.

Buffy défaillit, manquant de tomber, quand le sol se lézarda en vibrant. Alex se recroquevilla pour éviter les projections de pierre et de bois fusant des arbres et des rochers qui explosaient autour d'eux. Un nouvel éclair rouge tomba du ciel.

Tout en continuant à psalmodier et à agiter l'encensoir, Giles se jeta sur Joyce et l'écarta du point d'impact un quart de seconde avant que l'éclair crépitant ne s'abatte sur le sol.

Devant le cratère fumant creusé par la foudre rouge, une colère plus forte que la terreur qui l'étreignait monta en Buffy. Shugra avait visé sa mère. Délibérément.

— Allez, Buffy ! (Willow lui agrippa la main.) *Ho, tnassiup Nap ! Ruesneféd...*

Buffy, les yeux fixés sur le sourire cruel de Shugra, commença d'une voix hésitante :

— *Versus omn... omnipotens... exemplia. Reversus... pravus, pravus unde ia-cia.* (Le pouvoir de Willow se propageait en elle. Elle dut lutter violemment contre la peur qui la gagnait à nouveau.) *Ave, Panus... maximus.*

Dans la clairière, l'expression de Shugra changea. Son arrogance fut assombrie par un doute fugitif qui céda la place à la rage.

La sorcière posa un regard intense sur Buffy. Deux courants de magie jaillirent de ses doigts.

Buffy ne flancha pas :

— *Defendeo versus om... nipotens... exemplia.*

Willow dévisageait Buffy et ne vit pas l'éclair rouge.

— *Reversus pra... vus... unde ia...* (Buffy tituba quand l'onde de magie brute frappa son amie en pleine poitrine.)

— Willow ! (Alex se rua sur elle, mais il fut repoussé par le deuxième éclair qui s'abattit sur elle. Il tomba à terre, en proie à de violentes convulsions.)

La malfaisante magie brute se répandit dans le corps de Willow. Ses os s'entrechoquaient, sa tête bourdonnait et elle eut l'impression que ses articulations explosaient. L'espace de quelques secondes abominables, elle crut qu'elle était morte. Puis elle réalisa que le sort jeté par Buffy avait fonctionné – d'une certaine façon.

La magie de Shugra n'avait pas été déviée, mais elle avait été dispersée. Cependant, ils ne pouvaient pas subir trop d'attaques et rester efficaces.

Les autres aussi avaient été affectés par l'impact. Giles fut le premier à reprendre ses esprits. Il leva la voix pour défier l'orage de Shugra :

— *... ut punia tua cognomen.*

S'abandonnant à sa furie, la sorcière surenchérit. Le

tonnerre gronda dans le ciel parcouru d'éclairs rouges et d'étincelles de magie. Les arbres prirent des formes grotesques reflétant sa colère noire. Des crevasses fumantes lézardèrent le sol et laissèrent échapper des vapeurs pestilentielles et des jets de métal en fusion.

Tremblante et le souffle court, Buffy serra la main de Willow et, les dents serrées, s'obligea à reprendre l'incantation.

— *Ave Panus... maximus. Defen... deo...*

Derrière eux, Angel psalmodiait toujours le sortilège de liaison.

Un autre éclair s'abattit sur Willow et les effets pernicieux de la magie brute se transmirent à Angel, Giles, Alex et Joyce. Buffy tomba à genoux.

— Protège-nous du pouvoir primitif... grommela Buffy au moment où une boule de feu s'écrasait à quelques pas de là. (Elle baissa la tête pour esquiver les éclats de pierres et de terre, puis se releva avec difficulté.)

Alex était agrippé à un arbre, le corps secoué de convulsions et les yeux hagards de douleur. Joyce était allongée, la tête reposant sur les genoux de Giles qui la tenait délicatement entre ses mains. Le visage du bibliothécaire dégoulinait de sueur, et ses jambes étaient agitées de spasmes. L'encensoir toujours à la main, il répétait d'une voix enrouée les paroles du sort contre les champs protecteurs :

— Artémis, compagne de la lune, maîtresse de la chasse...

Angel, agenouillé, continuait à psalmodier aussi, les poings levés vers le ciel.

— ... retourne le Mal contre celle qui le jette.

Shugra se déchaînait. Des déflagrations de magie écarlate donnaient à sa peau et à ses cheveux une teinte rougeoyante, et dans ses yeux brillait une lueur barbare et primitive. D'un claquement de doigts, elle lâcha un déferlement de foudre rouge qui tomba en plusieurs endroits à des kilomètres à la ronde, embrasant les arbres, défonçant le sol, faisant exploser les pierres, et charriant des monceaux d'éclats végétaux et minéraux. Les beuglements terrifiés des animaux des bois épouvantés s'élevèrent dans la nuit.

Willow frémit en sentant la rage haineuse de la sorcière parcourir la forêt pour drainer la sève de ses adversaires. L'énergie des autres déclina, et elle sentit la fièvre l'envahir. Les incantations tenaient la puissante magie de Shugra à distance, mais Buffy, Giles et Angel devaient les répéter sans relâche. La sorcière ne tarderait plus à venir à bout de leurs forces défaillantes.

— ... *Panus maximus*..., bredouilla Buffy.

A la fois affolée et révoltée, Willow se calma pour s'obliger à réfléchir de façon rationnelle. La magie seule ne suffisait pas pour lutter contre Shugra. La sorcière était trop forte – et le savait. Son esprit tournait à plein régime et il lui vint une idée – qui n'était pas inédite, mais qui pouvait marcher.

Ils avaient triomphé de la magie de Catherine Madison à cause de son arrogance. La mère d'Amy était tellement persuadée qu'ils ne pouvaient rien contre elle, qu'ils l'avaient eue par surprise à deux reprises.

Ils avaient aussi mystifié Véronique, la vampire immortelle, et avaient contrecarré ses plans en innovant et en prenant des risques auxquels elle ne s'était nullement attendue.

On a déjà vaincu des adversaires infiniment puissants, pensa-t-elle.

Willow s'arc-bouta quand un éclair plus fort de magie brute la frappa, l'ébranlant au plus profond d'elle-même. Terrassée par la douleur, elle s'effondra.

CHAPITRE XIV

— Couché !

Le loup-garou hurlait et tirait violemment sur ses chaînes. Les entraves tenaient bon, mais les pitons n'étaient plus fermement fixés au sol et branlaient quand il s'escrimait sur les menottes qui lui attachaient les poignets et les chevilles.

Cordélia vit un éclair rouge derrière la vitre, suivi d'un coup de tonnerre assourdissant. La bibliothèque trembla.

Cordélia visa. Elle ne savait pas quoi faire. Le loup-garou enragé pouvait certes la déchiqueter, mais il s'agissait quand même d'Oz. Si elle l'anesthésiait et que le toit s'effondrait, il serait broyé. Si elle ne l'endormait pas et que le plafond s'écroulait, il avait des chances de ne pas être écrabouillé – mais il serait en liberté.

La foudre tomba à proximité et la pièce fut baignée de rouge. Le loup-garou glapit, puis hurla, terrifié.

— On ne peut pas dire que tu m'aides beaucoup.

Cordélia ajusta l'arme sur son épaule. Elle hésitait encore. Comment pourrait-elle vivre avec la mort d'Oz sur la conscience ? *Bon, si je meurs, la question ne se posera pas.*

Elle sursauta quand un éclair déchira le ciel, accompagné d'une détonation retentissante. Le coup partit

206

tout seul. La flèche se planta dans le torse de la bête qui s'écroula. *Comme ça, le problème est réglé.*

Deux vitres volèrent en éclats, et Cordélia courut se mettre à l'abri sous la table de travail. Les coups de tonnerre et les éclairs déchiraient le ciel et le silence sans interruption, de plus en plus fort et de plus en plus près.

Cordélia se boucha les oreilles quand une série de déflagrations ébranla le campus. Un morceau de plafond tomba sur la table. Il semblait que Buffy ait trouvé une adversaire à sa mesure, mais elle triompherait sans doute. Comme d'habitude.

Cordélia jugea prudent de sauvegarder son travail. Profitant d'une accalmie, elle attrapa la souris d'une main tremblante, ferma le document en cours et cliqua pour arrêter l'ordinateur. Il n'eut pas le temps de s'éteindre. Un éclair d'une force incroyable s'abattit sur le bâtiment. Cordélia recula d'un bond et regarda l'onde électrique rouge qui remontait les fils et le cordon d'alimentation.

Le disque dur se liquéfia et l'écran explosa.

Buffy ne réalisa pas immédiatement que Willow gisait immobile sur le sol. Toutefois, le sortilège qui les reliait lui permettant de ressentir ce qu'éprouvait physiquement Willow, elle savait que son amie était consciente et que la douleur se dissipait.

Buffy jeta un coup d'œil à Giles. Il fronça les sourcils et secoua la tête. Buffy en déduisit immédiatement que Willow avait une très bonne raison de faire le mort, et qu'il fallait lui faire confiance.

Sous une pluie de charbons ardents, Buffy se laissa tomber à terre et fit signe aux autres d'en faire autant. Le sol se fissura sous son bras, mais elle ne broncha pas quand la lézarde s'ouvrit davantage et qu'un geyser jaillit sous sa jambe.

Alex et sa mère étaient déjà étendus face contre terre. Celui-ci tressaillit quand un déluge de projectiles tomba à deux pas d'eux. La poussière le fit tousser, mais il ne bougea pas.

Giles cessa de psalmodier et s'allongea. Il écarquilla les yeux puis les ferma quand une lance embrasée fondit sur une souche d'arbre derrière lui. Des flammes lui léchèrent le dos et roussirent son jean avant de s'éteindre, mais il resta parfaitement immobile.

Angel bascula, mais continua son incantation à voix basse pour maintenir le sortilège de liaison, ignorant les petits filets de métal en fusion qui s'écoulaient du rocher au-dessus de son épaule et qui faisaient des trous dans son manteau en grésillant.

Buffy essayait désespérément de parvenir à la paix intérieure qui se lisait sur le visage de Willow, même si le mystérieux stratagème de cette dernière les rendait vulnérables entre les mains de Shugra et les exposait à une mort instantanée.

Il n'est pas mort. La gorge serrée et l'estomac noué, Anya regardait fixement Alex. Il était blessé, mais il s'en remettrait. L'émotion qui submergea Anya faillit bien la faire pleurer. Tout cela était la faute de Buffy. Elle aurait dû se douter que Crystal se protégerait et défendrait le cercle de quiconque essayerait de les empêcher d'atteindre la source. Willow en avait fait les frais. Anya n'arrivait du reste toujours pas à croire que cette idiote ait laissé passer sa chance de se joindre à eux – et de guérir Oz d'une maladie visiblement affreuse.

Cela n'avait pas de sens. A moins qu'au contraire…

Le malaise qui tenaillait Anya depuis que Crystal avait lancé son assaut s'accentua. Elle savait ce que c'était de tuer et de détruire pour obtenir le pouvoir. Elle connaissait le plaisir qu'il y avait à dominer des impuissants. Et c'était sans doute cela qui la faisait douter.

— Ils dorment, dit Crystal en posant un regard luisant de ferveur sur ses disciples.

Elle jeta alors la tête en arrière et ferma les yeux. Respirant profondément, elle communia avec les éléments et la magie brute.

L'orage rouge s'apaisa progressivement et le ciel se dégagea. La forêt alentour était un champ de ruines couvert d'une couche de cendres noires. Dans un périmètre de cent mètres autour de la bande de la Tueuse, pas un arbre ni un rocher n'avaient survécu à l'attaque. De la fumée s'échappait des cratères et des fissures dans le sol. Des arbres morts s'affaissèrent encore pendant que des rochers surchauffés explosaient au loin dans les bois.

Puis, tout redevint calme.

Troublée, Anya regarda les autres membres du cercle à la dérobée.

Winston, Craig et Greta semblaient indifférents à la correction brutale infligée par Crystal aux intrus. Rébecca, Kari et Joanna étaient cramponnées les unes aux autres, bouleversées et perplexes. Michael était renfrogné.

— Ne vous inquiétez pas, leur dit Crystal, les yeux clos.

Anya se sentait inquiète. Willow n'était pas folle. Buffy et Giles étaient fous, mais c'étaient des fous qui luttaient contre le Mal. Voilà sans doute la raison pour laquelle ils étaient intervenus. Pour anéantir Crystal avant qu'elle n'ait le pouvoir absolu et qu'elle n'ait plus à se soumettre à quiconque. Ni à tenir ses promesses.

Maudissant son manque total de clairvoyance, Anya donna un discret coup de coude à Michael pour attirer son attention. Elle n'osait pas parler, mais tenta de lui faire part de ses inquiétudes par le regard. Michael fronça les sourcils en la voyant jeter un coup d'œil à Crystal, secouer la tête puis désigner Alex du menton.

Comprenant soudain, il ouvrit de grands yeux. Ils avaient leur libre arbitre. S'ils se retiraient du rituel…

Anya cligna des yeux, perdit brusquement le fil de ses pensées et se remit à fixer Alex. *Il n'est pas mort.*

Après avoir rectifié les pensées d'Anya et de Michael, Crystal sonda l'aura émotionnelle autour de la Tueuse et de ses complices. Le calme régnait – pour l'instant. Quand ils reviendraient à eux, la paix n'existerait plus sur terre.

Elle ferma les yeux et se concentra. Lorsque son esprit accéda au courant démonté de la magie brute, elle perçut le pouvoir illimité émanant de la source.

— Je suis Shugra !

Lorsque la rivière répondit à son appel, une extase qu'elle n'avait pas éprouvée depuis Ephèse la submergea.

Willow ouvrit un œil mais ne bougea pas. Elle regarda la lune écarlate et le ciel strié de rouge au-dessus d'elle. Autour d'eux, tout était réduit en cendres. Dans la clairière, les disciples naïfs de Shugra fixaient le ciel, fascinés par le spectacle. Anya semblait contempler Alex, et Michael la regardait. La sorcière cria son nom :

— Je suis Shugra !

Elle referma les yeux et s'assura qu'ils étaient tous

encore liés. Le fluide passait de nouveau régulièrement entre eux, régénéré par cette pause brève mais cruciale. De plus, l'inquiétude d'Anya pour Alex la reliait au groupe à travers lui. Les énergies dispersées de Michael l'empêchaient d'être raccordé à la bande de la Tueuse, mais il n'était plus en phase avec Shugra.

Willow tourna légèrement la tête. Buffy la regardait, dans l'expectative. Elle lui fit un clin d'œil et chuchota :

— Toi et Giles, reprenez.

Buffy hocha la tête. Puis elle leva les jambes, se redressa d'une pirouette et recommença à psalmodier d'une voix puissante :

— *Ave, Panus maximus !*

Interloqué, Giles se releva toutefois promptement et commença à agiter l'encensoir :

— Artémis, compagne de la lune, maîtresse de la chasse…

L'ampleur de l'incantation ininterrompue d'Angel s'intensifia quand il se leva à son tour :

— Le pouvoir coule en l'une d'elles. *Necto sua animae…*

Les mains pleines d'échardes, Alex rampa sur les coudes. Ses vêtements étaient en loques et il avait une large balafre sanguinolente sur la joue, mais son légendaire sens de l'humour était intact :

— Tu serais pas un peu maso, Willow ?

Willow sourit. Elle avait eu raison de miser sur l'arrogance de Shugra qui, les pensant vaincus, ne s'était pas doutée que la jeune sorcière rendue inopérante par ses soins mûrissait un plan. Ils avaient maintenant l'ouverture dont ils avaient besoin.

Willow frissonna de plaisir en voyant un imperceptible arc d'énergie verte apparaître entre Buffy et elle.

— Protège-nous du pouvoir primitif, dit Buffy sur

un ton volontaire. *Defendeo versus omnipotens exemplia.*

Shugra se raidit et tourna lentement la tête. Son expression s'assombrit.

— Fais tomber les protections de la sorcière…

Le regard de Willow s'attarda soudain sur l'encensoir dans la main de Giles. Elle était toujours affectée par le sort d'aphasie que lui avait lancé Crystal, mais la télékinésie ne reposait pas sur les mots. A supposer qu'elle soit en état de déplacer les objets avec son esprit, lancer une boule en métal à travers une clairière emplie de magie hostile serait plus difficile que de planter des crayons dans des arbres. Mais elle n'avait rien à perdre.

Willow fit remonter la colère qu'elle avait ressentie au cours des assauts de Shugra et rassembla ses forces.

— … et venge ton nom ! dit Giles d'une voix retentissante.

Il tituba, déconcerté, quand Willow lui arracha l'encensoir avec la pensée et le souleva.

Transportée, Willow guida le projectile fumant qui fendit l'air. Shugra ne fit pas un geste pour l'arrêter. Le globe en argent se fracassa contre ses champs protecteurs dans un nuage de fumée bleue.

— A Buffy, maintenant !

L'arc vert devint plus étincelant quand Willow fit converger les énergies collectives sur la Tueuse.

Chaque muscle du corps meurtri de Buffy était douloureux. Sa gorge était irritée par les cendres qu'elle avalait et son blouson était criblé de petits trous. Ses cheveux roussis étaient inextricablement emmêlés, et elle avait une coupure profonde derrière l'oreille. Tout cela l'emplissait d'une indignation enragée. Et pourtant, la peur que Shugra avait injectée en elle la dévorait toujours, lui coupant le souffle et interrompant les battements de son cœur.

Je vais peut-être mourir, mais je t'emmène avec moi.

Buffy pointa un doigt sur la sorcière et, la regardant droit dans les yeux, clama :

— Retourne le Mal contre celle qui le jette !

L'expression de Shugra se durcit, elle plissa les yeux et, rassemblant ses forces pour un nouvel assaut, elle déchaîna l'orage. Un vent violent traversa la forêt, emportant la cendre noire dans un puissant tourbillon et dans un tonnerre assourdissant.

— Buffy… (Joyce se dirigea vers sa fille, mais Giles la retint.)

— *Imperium iussu una !*

Angel alla se placer aux côtés de Buffy.

Dans le ciel, les filets rouges se fondirent en un unique éclair. Shugra foudroya la Tueuse du regard et dirigea le faisceau mortel droit sur elle.

— *Reversus pravus unde iacia !*

Buffy balbutia les derniers mots du sort avant de s'effondrer dans les bras d'Angel.

— Buffy ? (Angel la déposa sur le sol et colla l'oreille sur sa poitrine.) Giles ! Elle ne respire plus !

CHAPITRE XV

Des points noirs dansaient sous les paupières de Buffy. Sa gorge et sa poitrine se comprimaient tandis qu'elle essayait en vain de respirer. Elle sentait la présence et l'affolement désespéré d'Angel au-dessus d'elle. Elle voulut tendre la main pour lui toucher le visage mais ne put bouger. Elle perdit connaissance.

Soudain, elle entendit sa mère crier son nom :

— Buffy !

Puis un hurlement de Willow :

— Ouiiii !

Elle suffoqua quand l'air lui emplit brusquement les poumons. Elle ouvrit les yeux et vit un gigantesque éclair passer à côté d'elle en grésillant. Détourné de sa trajectoire, il sillonna la forêt à une vitesse folle, déracinant les arbres et brûlant les broussailles sur son passage.

— Que se passe-t-il ? murmura-t-elle.

Angel la prit dans ses bras et l'embrassa délicatement sur le front :

— Ton sort. Il marche.

— Ah bon ?

Buffy tourna lentement la tête. Au loin, l'éclair faisait demi-tour.

Va sur la sorcière, pria-t-elle mentalement. Elle se crispa quand la monstrueuse décharge de magie mortelle fondit sur eux – et se détendit quand elle les dépassa à vive allure, laissant une traînée de débris dans son sillage.

— Non ! hurla Shugra.

— Désolée ! (Willow se laissa tomber à terre à côté d'Alex, radieuse.) En fait, pas du tout !

— Pour tout dire, on est même vachement contents de nous, ajouta Alex en souriant.

Dans la clairière, c'était la débandade parmi les disciples de Shugra, qui couraient s'abriter dans ce qui restait de la forêt alentour en hurlant.

Anya se précipita vers le gang de sauvetage. Elle s'arrêta à quelques pas d'Alex. Elle le dévisagea un long moment puis haussa les épaules.

Le souffle toujours court et affaiblie, Buffy s'adossa contre le torse d'Angel et contempla la sorcière.

Shugra tendit les mains pour repousser l'éclair rebelle. Sans résultat. Indignée, elle hurla à la lune :

— *Tah gru da, Duhn che !*

L'éclair la frappa en pleine poitrine et la souleva de la pierre. Empalée par la lance magique et en suspens au-dessus du sol, Shugra se débattait, tandis qu'une toile d'énergie rouge se tissait autour d'elle.

Des centaines de guerriers fantomatiques surgirent alors dans le ciel au son cadencé de leurs chevaux au galop.

— Tiens, voilà la cavalerie, lança Alex.

— Je pencherais plutôt pour Akmontep et l'armée de Ramsès. (Giles ouvrit des yeux ébahis devant le spectacle des cavaliers translucides armés de sabres et de boucliers, tournoyant sur leurs montures cabrées autour de Shugra.)

Les yeux exorbités par la rage, la sorcière cracha et hurla une malédiction primitive :

— *Kot bec !*

Un cavalier rompit les rangs. Shugra cria sa rage et sa peur quand il s'avança et la décapita. Sa tête coupée hurla de douleur pendant quelques secondes puis se ressouda sur son corps pour être de nouveau tranchée. Le châtiment se répéta jusqu'à ce que chacun des guerriers se soit vengé. La longue armée morte disparut alors dans les cieux.

— La vengeance est un plat qui se mange froid, dit Buffy.

— Et, pour être froids, ils doivent être froids, depuis le temps qu'ils sont morts, lança Alex. Quand je pense que cela ne fait que commencer. Dommage qu'on n'ait pas de pop-corn.

— Comme au cinéma, c'est ça ? demanda Anya, en lui lançant un regard plein d'attente.

Les yeux braqués sur Shugra, Alex ne répondit pas.

Shugra ne ressemblait plus du tout à Crystal Gordon. Elle portait la tenue austère des femmes américaines au XVIIIe siècle. Miriam était moins jolie que Crystal, mais dans ses yeux noirs brûlait le défi arrogant de Shugra.

— C'est l'heure du deuxième film, annonça Willow en montrant le ciel.

La couleur rouge de la lune se dissipa, et la silhouette sombre d'une potence se profila. Son nœud coulant traversa le ciel, se glissa autour du cou de la sorcière captive et la corde se tendit. Shugra fut agitée de violentes secousses pendant plusieurs minutes avant de s'immobiliser.

— Bons baisers de Salem, je suppose. (Willow jeta un regard furtif à Giles.)

— Ça y ressemble.

Ils contemplèrent en silence le spectacle de Shugra tour à tour pendue, noyée, brûlée, torturée sur l'estrapade et lapidée par les fantômes de ses victimes.

A chaque fois qu'un groupe avait savouré sa vengeance, la sorcière réapparaissait sous la forme de sa réincarnation précédente.

Vint le tour des forces de la nature. Elle fut battue par le vent et la pluie, transie par la glace, broyée par la pierre et dévorée par une nuée de spectres de sauterelles.

Finalement, le corps avec lequel elle était née parut.

Courtaude et trapue, la crasseuse créature primitive vêtue d'une peau de bête en lambeaux avait un visage plat avec des traits grossiers, des cheveux rêches et emmêlés et des chicots cassés.

— Pas top classe, dit Alex en faisant la grimace.

Buffy se raidit quand l'ancêtre tourna la tête vers elle et capta son regard. Les yeux de Shugra étaient animés d'une colère barbare.

Alors, la toile rouge qui l'emprisonnait se dissipa et la lance écarlate disparut. Le corps de Shugra retomba sur la grosse pierre. Elle s'efforçait de se lever en grognant quand un éclair rouge déchira le ciel. A genoux, elle leva les yeux et tendit les bras :

— Chit, *doh mei !*

La magie fut la dernière à se venger.

La foudre s'abattit sur elle et l'éclair rouge crépita jusqu'à ce qu'il soit complètement absorbé. La lueur cramoisie qui émanait du corps de Shugra s'intensifia et la sorcière s'embrasa. Le feu flamba pendant un court instant et mourut.

Le vent emporta les cendres sur la pierre.

CHAPITRE XVI

Epuisée et crasseuse, Joyce était assise dans sa voiture dans le parking de l'école. Elle n'avait pas protesté quand sa fille l'avait incitée à rentrer directement chez elles pour prendre un bon bain chaud. Buffy s'était dit que la soirée avait été suffisamment éprouvante comme cela, et que sa mère n'avait pas besoin de faire la connaissance d'un loup-garou.

— T'es sûre que ça va aller ? lui demanda Buffy par la fenêtre ouverte.

Joyce hocha la tête et mit le contact :

— Je crois pouvoir dire que j'ai passé la soirée la plus… *insensée* de ma vie.

— Ça a été chaud, hein ?

Buffy avait été contrariée par la présence de sa mère, et elle espérait que, ayant eu sa dose d'émotions fortes, Joyce ne renouvellerait pas l'expérience de sitôt.

— Oui. (Joyce soupira.) Je sais que Shugra était malfaisante mais, quand même… ce que ce sort lui a fait…

— Maman, il n'a fait que lui rendre ce qu'elle avait perpétré pendant des milliers d'années.

— Multiplié par trois. C'est la règle, expliqua Willow en se penchant par-dessus l'épaule de Buffy.

— Il y a une règle ? demanda Anya. Pour les démons aussi ?

— Oui, s'il y a une justice dans l'univers, répondit Alex derrière elle.

— Tu sais… Anya nous a aidés, ce soir. Un peu. (Willow se dirigea d'un pas tranquille vers la bibliothèque, après avoir fait un signe de la main à Joyce.)

— Un peu ? (Alex ricana.) On lui a *dit* que Crystal n'était pas fréquentable et elle y est quand même allée.

— Mais je ne me rappelais pas vous avoir parlé cet après-midi ! bouda Anya. Jusqu'à ce que le sort lancé par Buffy agisse.

— Mouais. (Alex soupira.) Et en quoi elle nous a aidés ?

— Elle était inquiète pour toi, dit Willow. Parce que tu étais blessé. Alors, ça compte pas ça ?

— Faut voir, concéda Alex à contrecœur.

Buffy sourit en entendant la conversation de ses amis qui s'éloignaient :

— Je suis ravie que cela soit terminé. (Elle jeta un coup d'œil à Giles qui arrivait derrière elle.) Giles, on dirait que vous vous êtes bagarré avec la pire sorcière de l'univers.

— Ça ne m'étonne pas. (Il se lissa les cheveux et s'éclaircit la gorge en jetant un regard fébrile à Joyce.) J'espère que cela n'a pas été trop… traumatisant.

— Pas du tout. (Joyce mit la voiture en prise.) Je crois même que je ne rêverai plus jamais de serpents.

— De serpents ? (Buffy recula tandis que sa mère démarrait en leur faisant un signe de la main.) Tu rêves de serpents ? (Elle se tourna vers Giles.) Les rêves de serpents ont une signification… vous savez, quoi… euh… sexuelle. Pourquoi ma mère rêve de *ça* ?

— De serpents ? (Giles se mit à marcher.) Tu lui poseras la question.

— Je ne crois pas, non, répondit Buffy en lui emboîtant le pas.

Elle prit une profonde inspiration et expira lentement. Son cœur battait normalement et ses poumons fonctionnaient. Elle était même parvenue à défier Shugra alors qu'elle était encore sous l'influence de son sortilège. Mais un doute subsistait :

— Ma crise d'angoisse était un sortilège en fait, c'est ça ?

— Oui, apparemment, dit Giles en entrant dans la bibliothèque.

— Comment ça, « *apparemment* » ?

— Je n'en sais rien. L'important, c'est que tu t'en sois sortie. Et admirablement, si tu veux mon avis.

— Votre avis me convient tout à fait. (Buffy descendit l'escalier en souriant, enchantée.)

Giles fit un arrêt à la table de travail, à laquelle Cordélia lisait. Il contempla le morceau de plafond sur la table, puis les vitres brisées :

— Je suppose que ça aurait pu être pire. (Il soupira et inspecta les dégâts en grommelant.)

Cordélia regarda Buffy et fit une grimace :

— Vu vos dégaines, je suis bien contente de ne pas être allée avec vous.

— Tant mieux pour toi, répondit Buffy, éreintée et pas d'humeur pour un échange de vannes avec Cordélia.

Anya revint de l'infirmerie avec une trousse de premiers soins. Alex protesta vigoureusement quand elle insista pour panser ses mains et sa joue, mais il finit par céder.

Willow contemplait le loup-garou étendu sur le sol, immobile :

— Qu'est-ce qui lui est arrivé ?

— Je lui ai tiré dessus. Sans le faire exprès. D'ailleurs, pour un horrible monstre, c'est une vraie mauviette pendant un orage.

— Tu te sens d'attaque pour aller au Bronze, Alex ? demanda Anya.

— Dis donc, Anya, faudrait voir à pas pousser Mémé dans les orties, répondit Alex, excédé par ses sollicitations.

Buffy soupira. L'idée d'aller traîner au Bronze lui plaisait.

— Moi, je trouve qu'on devrait fêter ça, décréta Willow. C'est vrai, quoi, on a réglé son compte à la pire sorcière de tous les temps et… je peux de nouveau jeter des sorts.

— Je marche, répondit Buffy. Mais après une douche.

— Tu as été absolument remarquable ce soir, Willow, la félicita Giles en s'approchant.

— Oui, je suis assez d'accord. (La fierté se lisait sur le visage de Willow.)

— Je vais veiller sur Oz le reste de la nuit, si vous sortez, proposa Giles.

— Comment va-t-il, au fait ? demanda Buffy.

— Il est dans les vapes… encore. (Willow jeta un regard désapprobateur à Cordélia.)

Cordélia s'offusqua :

— Non mais dis donc, c'est pas moi qui ai viré les portes de…

— L'ordinateur !

Willow se leva d'un bond et blêmit en voyant le tas noirci de plastique fondu et de verre brisé à l'autre bout de la table.

— C'est l'orage, expliqua Cordélia. Il y a eu un court-jus. Un méga court-jus.

— Et la base de données des Tueuses ? demanda Giles, sans espoir.

— Morte. (Cordélia se leva et prit sa veste et son sac.) On fera les comptes demain, Giles.

— Euh… oui. A demain, alors. (Giles se rendit dans son bureau quand Cordélia partit.)

Laissant Willow pleurer son ordinateur, Buffy le rejoignit d'un pas nonchalant. Elle s'adossa au chambranle et croisa les bras :

— Comment ça, faire les comptes ? Vous avez *payé* Cordélia ?

Giles l'attira à l'intérieur du bureau et ferma la porte :

— C'est la seule qui a bien voulu travailler sur la base de données.

— Bien sûr. En se faisant *payer* ! (Buffy leva les mains au ciel.) Et pour rien en plus, puisqu'on n'a plus d'ordinateur.

— Oui… répondit Giles, peu fier. Je te serais reconnaissant de… ne pas en parler à Willow.

— D'accord, mais vous avez une dette envers elle. Voire deux ou trois. (Buffy était ravie de tenir Giles à sa merci.) Elle aimerait bien prendre des cours de sorcellerie plus poussés…

— Tope là. (Giles s'affala dans son fauteuil en poussant un profond soupir.)

— Mais, dites-moi… Qu'est-ce que vous avez bien pu me cacher d'autre ?

— Te cacher ? (Giles cligna des yeux et se raidit.) Moi ? Rien !

Buffy se contenta de hocher la tête en souriant. Elle finirait bien par le savoir – un jour ou l'autre.

Achevé d'imprimer sur les presses de

BUSSIÈRE

GROUPE CPI

à Saint-Amand-Montrond (Cher)
en octobre 2001

FLEUVE NOIR
12, avenue d'Italie
75627 Paris Cedex 13
Tél. : 01-44-16-05-00

— N° d'imp. 14961. —
Dépôt légal : novembre 2001.

Imprimé en France